Bertha Schmidt-Eller

Morgen zwischen acht und zehn

Samenkorn e.V.
Christlicher Bücher- und Liederverlag
Liebigstr. 8,
33803 Steinhagen, Germany

Vorwort
zu „Erzählungen von damals“

Im Jahre 2002 wurde von dem Verlag „Samenkorn“ die Bücherreihe „Erzählungen von damals“ ins Leben gerufen. Es ist eine Sammlung von guten, alten, christlichen Geschichten, die uns über Gottes wunderbare Führungen und Wege im Leben der Kinder und Erwachsenen vor vielen Jahrzehnten berichten. Diese Bücher fanden eine Anerkennung unter den Lesern und weckten bei vielen das Interesse, diese Reihe mit anderen alten Büchern zu ergänzen.

Immer wieder werden an den Verlag alte Bücher mit vergilbten Blättern und handgeschriebenen Schriften zugeschickt. Den Besitzern sind diese Schriftstücke meistens sehr wertvoll und von großer Bedeutung. Sicherlich haben diese Werke so manchem Leser zur Belehrung oder Erbauung gedient. Auch heute verbergen sie die gleiche Kraft und Wirkung in sich. Deshalb ist es viel zu schade diese Schätze zu vergraben.

Ein Dankeschön für jeden Leser, der diese Arbeit beim Herausgeben von neuen „alten Büchern" unterstützt hat! Auch ein herzliches Dankeschön für ein jedes Päckchen mit den wertvollen Schriften. Vielen Dank auch für jeden Rat, jede Ermutigung und jede Kritik!

Die Bücherreihe „Erzählungen von damals" soll auch in Zukunft ergänzt werden. Wir hoffen, dass die Leser dieses Vorhaben weiterhin unterstützen und uns bei der Suche nach weiteren wertvollen, segensreichen Schriftstücken helfen werden.

Wenn Sie inhaltsreiche, gute Bücher oder handgeschriebene Manuskripte zu Hause haben, melden Sie sich bitte bei:

Samenkorn e.V.
Christlicher Bücher- und Liederverlag
Liebigstr. 8
D-33803 Steinhagen
Tel. 0 52 04 – 88 80 04
Fax 0 52 04 – 88 80 05

Lasst uns beten, dass diese Arbeit und die Bücher für viele Menschen zum Segen werden könnten!

Die Werkssirene sertzte mit einem dumpfen Ton an, heulte auf und verklang wieder mit einem tiefen Brummen. Feierabend.

Ingeborg Schneider deckte die Schreibmaschine ab, ließ die Jalousien des Schreibtisches ins Schloss schnappen, stand auf und reckte sich. Nebenan hörte sie die Kolleginnen schwatzen und lachen. Es waren die gewohnten Geräusche des abendlichen Aufbruches: die Stimmen, das Schließen der Schränke und Fächer, Stuhlrücken, den Klang von vielen Schritten und dann wurde es sehr schnell still.

Sie hatte inzwischen ihren Mantel angezogen und rückte gerade vor dem Spiegel die blaue Kappe auf dem dunklen Haar zurecht, als der Abteilungsleiter zur Tür herein schaute.

„Gut, dass ich Sie noch sehe, Fräulein Schneider. Morgen früh, Sie denken wohl daran, acht Uhr bei Dr. Antony zum Test."

„Ich weiß, Herr Wollgrabe, ich habe mich nach besten Kräften gerüstet."

„Nun, ich mache mir keine Sorge, Fräulein Schneider, dass Sie etwa nicht gut abschneiden würden. Ich wollte Ihnen nur noch sagen, vertraulich – verstanden – ganz vertraulich – es geht um die Nachfolge von der Chefsekretärin. Ja. Damit Sie im Bilde sind."

„Oh", machte Ingeborg überrascht, „das hatte ich allerdings nicht erwartet. Das wäre ein sehr großer Schritt vorwärts."

„Es ist mehr als ein großer Schritt, Fräulein Schneider. Es ist ein Sprung nach oben. Ich hoffe, dass Sie mich nicht enttäuschen. Ich habe Sie für diesen Posten vorgeschlagen, obwohl es mir leid tut, Sie zu verlieren."

Ingeborg errötete leicht.

„Ich danke Ihnen, Herr Wollgrabe, auch dafür, dass Sie mir den Wink gegeben haben, mich auf den Test vorzubereiten. Selbstverständlich werde ich mir Mühe geben, eine entsprechende Punktzahl herauszuholen."

„Auf morgen denn! Hals- und Beinbruch!"

Ingeborg lief, leise vor sich hinsummend, die Treppe hinunter und zum Tor hinaus.

„Das muss Mutter heute noch wissen", dachte sie und nahm nicht den üblichen Heimweg, sondern stieg in die Straßenbahn. Mutter lag seit drei Wochen im Krankenhaus.

Blühende Rosenzweige hingen über die Mauer des Krankenhausgartens. Hoch auf dem Dachfirst versuchte eine Amsel ihr erstes Frühlingslied. Ingeborg blinzelte in die Strahlen der untergehenden Sonne. Wie froh sie war, wie sicher und voller Erwartung. Schön war das Leben! Mutter ging es besser, bald würde sie nach Hause kommen. Gut sollte sie es dann haben. Chefsekretärin! Was würde sie da verdienen? Dann hörte das schlimme Rechnen auf. Dann brauchte Mutter nicht mehr bis in die Nacht hinein zu nähen. Dann konnte Mutter sich pflegen, brauchte nur den kleinen Haushalt besorgen und ihrer beider Garderobe instand halten.

Ingeborg hüpfte förmlich die Stufen zum Eingang hinauf. Die Pfortenschwester zuckte die Achseln. Um diese Zeit wollte das Fräulein noch einen Besuch machen? Außerdem war heute kein Besuchstag.

„Schwestern oder Ehemänner dürfen doch auch abends nach Dienstschluss kommen. Bei uns ist das nun so, dass Mutter nur mich hat."

Die Schwester lächelte.

„Hat es nicht Zeit bis morgen? Da ist Besuchstag."

„Schwester, es ist eine freudige Angelegenheit, die bestimmt zum Gesundwerden hilft. Das kann man nicht früh genug mitteilen."

„Gut, ich will auf der Station anfragen."

Ein leichter Schatten huschte über Ingeborgs Gesicht. Schwester Margarete von der Station war sehr genau. Würde sie es erlauben? Heute war es besonders spät.

„Gehen Sie hinauf", sagte die Pfortenschwester und legte den Hörer auf.

„Danke!"

Ingeborg eilte den Gang entlang, auf dem es schon ein wenig dämmrig war, die Treppe hinauf. Erster Stock, zweiter Stock, die dritte Tür links.

Schwester Susi, eine junge Helferin, jünger als Ingeborg, mit großen, etwas ängstlichen Augen fragte:

„Fräulein Schneider, weiß Schwester Margarete Bescheid? Es ist schon spät."

„Keine Sorge, Schwester, es ist erlaubt. Nur ganz kurz muss ich Mutter sprechen."

Die junge Schwester nickte verständnisvoll.

Zehn Betten standen in dem Saal. Frau Schneider lag gleich vorn an der Tür im ersten Bett. Es herrschte eine ernste Stille im Raum. Immer, wenn Ingeborg hier eintrat, legte sich ein tiefes Unbehagen, ein Widerwillen wie eine Zwangsjacke um ihr Herz. Aber da war Mutters liebes Gesicht. Sie streckte der Tochter die Hand entgegen.

„Wie schön, dass du noch kommst."

Ingeborg merkte in ihrer freudigen Erregung nicht, dass die Mutter besonders ernst war und dass sie weiter sprechen wollte. Sie setzte sich ans Bett und begann sogleich mit ihrem Bericht.

„Ja, Mutter, ich musste kommen, um dir schnell zu sagen, dass morgen die Prüfung ist. ‚Testen' nennen sie das. Morgen zwischen acht und zehn. Ich habe mich nach allen Regeln der Kunst vorbereitet und ich glaube, ich schaffe es. Ich muss es schaffen. Weißt du, was davon abhängt? Die Stellung als Chefsekretärin. Stell' dir vor, diese Chance. Dieser Aufstieg!" Ingeborg glühte vor freudiger Erregung.

„Wie geht das Ganze vor sich?"

„Es ist sozusagen ein Ausscheidungskampf zwischen dreien. Ich hörte heute früh, dass außer mir noch zwei Kolleginnen aus anderen Abteilungen morgen zu unserem Werkspsychologen bestellt sind. Wir drei sind also in die engere Wahl gezogen. Da werden bestimmte Aufgaben gestellt, und je nach Schnelligkeit und Richtigkeit wird jede Leistung gewertet. Wahrscheinlich wird diejenige, die die höchste Punktzahl erreicht, zum Chef versetzt. Mutter, Mutter, drück mir den Daumen, dass ich es erreiche."

„Den Daumen drücken, mein Kind?"

„Nun ja, ich weiß, Mutter", Ingeborg schaute ein bisschen verlegen vor sich auf den Boden.

„Liegt dir sehr viel daran, den Posten zu bekommen?"

„Sicher, Mutter. Es ist die Chance! Stell dir vor, ich bekomme dann mindestens 100 Mark mehr im Monat, selbst wenn ich die Abzüge abrechne. Dann brauchst du dich nicht mehr mit der Näherei zu quälen. Wie froh wäre ich schon deswegen, Mutter, ganz abgesehen von allem, was eine solche Stellung für Vorzüge hat."

Die Mutter sah ihr Kind an und dachte: ‚Morgen zwischen acht und zehn. Da kann ich ihr jetzt nicht sagen, dass ich gerade zu dieser Zeit auf dem Operationstisch liegen werde. Das würde sie beeinflussen und den Erfolg vielleicht in Frage stellen. Aber ich muss ihr noch einmal sagen, was das Wichtigste, das Entscheidenste im Leben ist. Ich weiß nicht, ob ich noch einmal die Gelegenheit habe, es ihr zu sagen.'

Da stand sie, Ingeborg, voller Lebensmut, voll Erwartung. Sie freute sich, der Mutter das Leben leichter machen zu können. Ahnungsloses Kind!

„Mein liebes Mädel", die Mutter richtete sich ein wenig auf, „ich werde ganz sicher für dich beten. Ich würde mich sehr freuen, wenn dein Wunsch erfüllt würde, und du die Stellung bekämst. – Nicht meinetwegen. Ich weiß, wie fleißig du gearbeitet hast und wünsche dir den Erfolg. Vergiss aber bitte nie, dass alles an Gottes Segen gelegen ist."

„Gewiss, Mutter, aber schau, wenn ich nicht so gearbeitet hätte –"

„Bete und arbeite, Ingeborg. Das Beten steht an erster Stelle. Dass du es an der Arbeit nie hast fehlen lassen, weiß ich."

„Dass ich das – das andere nicht kann, das sollte dich nicht so sehr bekümmern. Wir jungen Menschen sehen das alles viel realistischer an."

„Ich weiß, Jesus ist dir nicht realistisch genug. Aber er ist eine Realität, die wunderbarste und vollkommenste Realität, verlass dich darauf."

Ingeborg war viel zu gut aufgelegt, viel zu sehr erfüllt von der Hoffnung auf eine bessere Zukunft. Sie mochte jetzt keine solchen Gespräche. Das hatte Zeit, das hatte alles Zeit. Später, wenn Mutter wieder zu Hause war, konnte man darüber sprechen. Man hatte schon viel zu viel und viel zu oft davon gesprochen. Ingeborg suchte nach einem verbindlichen Abschluss dieses Themas und tat einen argen Fehlgriff: „Weißt du, Mutter, wenn ich morgen die beste Punktzahl schaffe, dann will ich glauben, dass es der liebe Gott gemacht hat."

Das Gesicht der Mutter wurde traurig.

„Ingeborg, wie kannst du so etwas sagen. Hat alles das, was wir zusammen erlebt haben, hat all mein Beten um dich keine bessere Frucht getragen? Das betrübt mich sehr.“

„Mutter, liebe Mutter, bitte nicht weinen. Nimm das nicht so schwer. Schau, ich glaube ja an Gott. Nur nicht so, wie du es möchtest. Ich kann nicht hinknien und sagen: ‚sei mir Sünder gnädig‘. Damit fängt es ja wohl an. Ich habe nicht das Gefühl, ein Sünder zu sein. Was habe ich denn gesündigt, Mutter? Habe ich nicht immer meine Pflicht getan? Habe ich – ach, das weißt du ja alles, wir haben so oft darüber gesprochen. Wenn ich älter bin, kommt es vielleicht auch einmal über mich, dass ich mich bekehre. Jetzt weiß ich beim besten Willen nicht, wovon ich mich bekehren soll. Aber nun weine bitte nicht, bitte, Mutter. Ich tue sonst alles, was du willst. Ich bin so gespannt auf morgen. Schau, ich bin ja auch nur noch schnell zu dir gekommen, damit – damit – ja, damit du beten sollst, weil ich es eben mit der Arbeit schaffen will. Gelt, so teilen wir uns das ‚Bete und arbeite‘ in diesem Falle, ja?“

Ingeborg lächelte. Ein bisschen mühsam war dieses Lächeln. Sie wollte der Mutter den Gefallen tun und ihr wenigstens etwas entgegenkommen.

Schwester Susi schaute durch den Türspalt herein und winkte. Ingeborg war fast froh darüber, dass auf diese Weise dem Gespräch ein Ende gemacht wurde.

„Mein liebes Kind“, die Mutter nahm Ingeborgs Hand und drückte sie sacht, „ich bete, dass du mit der höchsten Punktzahl herauskommst. Vor allem aber darum, dass du erkennen mögest, dass vor Gottes Angesicht alle erreichbaren Punktzahlen unseres Lebens nichts sind, dass vor Ihm nur eins gilt: das Kreuz von Golgatha.“

Ingeborg beugte sich über die Kranke und küsste ihr beide Wangen.

„Meine liebe Mutter, ich danke dir. Ich komme morgen und sage dir Bescheid, wie alles abgelaufen ist. Und schlaf gut.“

Auf dem Flur stand Schwester Margarete. Ingeborg wollte mit einem kurzen Gruß an ihr vorbei, doch die Schwester kam auf sie zu.

„Sie haben es Ihrer lieben Mutter hoffentlich nicht zu schwer gemacht, Fräulein Schneider.“

„Schwer gemacht?“, fragte Ingeborg verständnislos.

„So wissen Sie gar nicht, dass der Erfolg der Operation fraglich ist? Hat Ihre Mutter Ihnen das nicht gesagt?“

„Operation? Mutter wird nun doch operiert?“

„Merkwürdig, hat sie nicht mit Ihnen darüber gesprochen?“

Ingeborg schüttelte den Kopf.

„Morgen früh zwischen acht und zehn, Fräulein Schneider.“

„Morgen früh zwischen acht und zehn?“

Ingeborg fröstelte plötzlich. Ihr war, als wanke der Boden unter ihren Füßen.

„Nein, Mutter hat mir nichts davon gesagt. Wenn das so ist, dann muss ich schnell noch einmal zu ihr hinein."

Die Schwester hielt das Mädchen am Arm fest.

„Wenn sie es Ihnen nicht gesagt hat, wird sie Gründe dafür gehabt haben. Wir wollen sie nicht aufregen, Fräulein Schneider. Da kommt der Chef."

Durch die Seitentür, die zu den Laboratorien und Röntgenräumen führte, traten drei Herren in weißen Kitteln. Schwester Margarete ließ Ingeborg stehen und eilte ihnen entgegen.

Das Mädchen wartete noch eine Weile auf dem Flur und überlegte. Ein befehlsvoller Blick einer Schwester, der ihr im Vorbeigehen zugeworfen wurde, scheuchte sie davon.

Morgen früh zwischen acht und zehn! Genau um die Zeit, da sie im Kreuzfeuer der Fragen stehen würde, da sie mit äußerster Konzentration bei der Sache sein musste. Ingeborg kannte ihre Mutter genau. Sie ahnte, nein, sie wusste mit Bestimmtheit, dass Mutter deshalb nichts von der bevorstehenden Operation gesagt hatte. Schwester Margarete aber hatte den späten Besuch wahrscheinlich nur wegen der Operation erlaubt, deren „Erfolg fraglich" sein würde.

‚Wenn ich es doch gewusst hätte! Wenn ich es doch nur gewusst hätte! Ganz anders würde ich mit Mutter gesprochen haben! Nun geht sie in den Operationssaal mit dem Gedanken an mich, an den

Test, an die Punktzahl, und ihr Herz, das kranke, schwache Herz wird schneller schlagen. Doch was wird die Folge davon sein? Wie wird es sich bei der Operation auswirken?‘

Ingeborg lief die Straße entlang ohne auf den Weg zu achten.

„Mein Gott“, flüsterte sie. Gleichzeitig merkte sie, wie lächerlich es war, ‚mein Gott‘ zu sagen. „Mein Gott?“ Welches war denn ihr Gott? Sie kannte nur Mutters Gott und hatte es damit gut sein lassen. Sie hatte sich seit Jahren daran gewöhnt, das Beten der Mutter zu überlassen. Wenn nun die Mutter nicht mehr da wäre? Die Mutter nicht mehr da? Unmöglich! Undenkbar!

‚Habe ich nicht deswegen so gearbeitet, damit Mutter es besser haben sollte? Gewiss, man hat Ehrgeiz, will vorwärts kommen. Aber der Ehrgeiz an sich ist kein Ziel. Das Ziel war, mit Mutter zusammen besser zu leben. Mutter! Ich habe sonst keinen Menschen auf der Welt. Ich brauche auch keinen anderen Menschen. Wenn ich es doch gewusst hätte, dass sie morgen operiert wird! Ich hätte nicht so dummes Zeug geredet. Ich hätte ihr gesagt‘...

Ingeborgs Fuß stockte. Sie kehrte um.

‚Ich muss noch einmal zu ihr. Ich muss ihr sagen, dass ich – dass ich mich bekehren will etwa? Das ist ja nicht so, als ob man Englisch lernen oder die Handelskammerprüfung ablegen sollte. Trotzdem muss ihr sagen, dass ich mich bemühen will, alles das zu begreifen, dass ich mich bemühen will, zu beten.‘

Das junge Mädchen hastete durch die Straßen zurück zum Krankenhaus. Dabei wusste es genau, dass es keinen Sinn hatte. Alle Reden und Versprechungen waren völlig wertlos. Sie konnte nicht beten. Sie konnte nicht glauben.

Die Pfortenschwester sah das junge Mädchen verwundert an.

„Nein, Fräulein Schneider, ausgeschlossen. Sie waren eben noch bei der Kranken. Jetzt ist Nachtruhe. Was denken Sie sich eigentlich?“

Langsam ging Ingeborg die Stufen des Aufgangs hinunter.

‚Wenn ich die höchste Punktzahl erreiche, dann will ich glauben, das hat der liebe Gott gemacht. Höchste Punktzahl! Wenn – wenn – wenn Mutter durchkommt, wenn sie wieder gesund wird –‘

Ingeborg konnte diesen Gedanken nicht zu Ende denken. „Mit Gott kann man nicht feilschen.“ Wie oft hat Mutter das gesagt. Sie weiß es, alles weiß sie ganz genau. Gott will keine tadellose Lebensführung. Die genügt nicht. Gott will keine Opfer. Die genügen nicht. Was will Gott?

Er will mich.

Es wurde schon um sechs Uhr hell in diesen Frühlingstagen. Die Schwestern eilten mit leichten Schuhen durch die Räume. In den Morgenstunden drängte sich so viel Arbeit zusammen, dass keine Minute versäumt werden durfte.

Frau Schneider nahm aus der Nachttischschublade einen Briefbogen. Sie hatte nicht viel geschlafen in dieser Nacht. Sie war matt, aber weder ängstlich noch verzagt.

In dieser Nacht, die vielleicht die letzte Nacht überhaupt für sie war, hatte sie nichts anderes getan als mit Gott geredet. Nun war ihr Herz still. Selbst die große Sorge ihres Lebens war zur Ruhe gekommen, die Sorge um Ingeborg, ihr einziges Kind. Es würde schwer für sie sein, allein im Leben zu stehen. Schwer, was das Innere angeht. Wie würde sie es tragen, das Alleinsein? Es gab bisher nichts in ihrem Leben, das sie nicht mit der Mutter geteilt hatte. Alle kleinen Freuden und Leiden ihres jungen Lebens, alle Schwierigkeiten und alle Erfolge, Mutter nahm daran teil. Ingeborg brauchte das. Sie hatte in der Mutter die beste Freundin gefunden, und alle anderen Bekanntschaften blieben oberflächlich und dienten nur zur Unterhaltung, ohne Tiefe zu gewinnen. Gewiss, sie würde auch allein mit den Dingen und Fragen des Lebens fertig werden, würde es müssen. Wer aber würde für sie beten? Sie würde sich durchsetzen im Beruf, fleißig, tüchtig und begabt wie sie war. Aber das Eine, das so nötig war, würde sie es finden? Diese Sorge hatte die Mutter in der Nacht vor der Operation noch einmal durchdacht und sie dann, wie so oft, ihrem himmlischen Vater hingelegt.

Ein richtiger Abschied war das am Abend vorher nicht gewesen. Vielleicht war es gut so. Da es sich von selbst ergeben hatte, wollte sie sich keine Gedanken mehr darüber machen. Ein paar Zeilen noch wollte die Mutter an ihre Tochter schreiben, eine letzte Mahnung, einen Hinweis auf Den, der allein trösten kann, der uns erlöst hat und durch den allein wir beten können: Unser Vater.

Die Knie hochgezogen, ein Buch als Unterlage benutzend, begann die Mutter zu schreiben.

„Mein liebes Kind!"

Es herschte viel Unruhe im Raum: Die Patientinnen, die sich schon selbst helfen konnten, begannen mit dem Waschen. Betten wurden ausgelegt. Gespräche gingen hin und her, eine Frage nach den Beschwerden, der Ruhe der Nacht, kurze Antworten, irgendwo ein Türschlagen.

„Mein liebes Kind" stand mit dünnen Bleistiftstrichen auf dem Bogen. Es war schwer, sich in all der Unruhe zu sammeln.

„Zu der gleichen Stunde, da ich im Operationssaal liege, bemühst du dich, bei Kroeber und Keneth die höchste Punktzahl zu erreichen..."

Schwester Margarete kam herein, eine Spritze in der Hand.

„Guten Morgen, Frau Schneider. Brief schreiben? Das geht jetzt nicht. Sie bekommen eine vorbereitende Spritze und müssen ganz ruhig liegen."

Gehorsam legte die Patientin den Bogen in das Nachtkästchen zurück. Die Schwester lächelte ihr freundlich zu und eilte hinaus. Sie hatte an so vieles zu denken. Sie hatte jetzt keine Zeit für ein verbindliches Wort.

Frau Schneider lag ganz still, schaute nach der Decke und stellte sich vor, wie Ingeborg sich für den Dienst zurechtmachte. Wie gut, dass sie nicht wusste, was der Mutter bevorstand. Es hätte die Punktzahl bestimmt beeinflusst. Die Kranke faltete die Hände. ‚Solange ich noch denken kann, will ich für mein Kind beten. Nicht allein, dass es heute die Punktzahl erreicht. Nein, vor allem dafür, dass es die entscheidende Punktzahl begreift, die einmal und endgültig für die Prüfung vor Gottes Angesicht erreicht wurde, die Jesus Christus für uns erkämpft hat.‘

Die Augen fielen ihr zu. Alle Geräusche im Raum begannen zu verschwimmen. Das leise Lachen, das vom Fenster her kam, wo die junge Frau lag, die heute entlassen wurde, das halblaute Sprechen, das Rauschen des Wassers, das das Waschbecken füllte. Wie spät mochte es sein? Sie dämmerte dahin, nicht schlafend, nicht wachend.

Punkt acht Uhr fuhr Schwester Susi die Bahre herein.

Ingeborg fühlte sich ausgeruht und frisch, als sie kurz nach sechs erwachte. Den Kopf wendend, sah sie Mutters glatt gezogenes Bett und besann sich sofort aller Umstände und der bevorstehenden Ereignisse. Test. Operation.

Sie sprang auf und begann mit den üblichen Hantierungen des neuen Tages. Dabei huschten ihre Gedanken unruhig hin und her. Ob Mutter geschlafen hatte in dieser Nacht? Sie schämte sich fast, dass sie so ruhig hatte schlafen können, während die Mutter vielleicht in Sorgen und Schmerzen lag.

Schmerzen? Das würde die Mutter weniger bekümmern. Sorgen. Die eine Sorge. Ingeborg wusste nur zu gut darum. Dass sie der Mutter gestern Abend diese Sorge nicht nur um nichts erleichtert hatte, sondern mit ihrer Rede alles nur erschwerte, fand Ingeborg jetzt herzlos, ja, gemein. Und trotzdem hatte sie ruhig schlafen können. Wie war das möglich? Hätte sie nicht die ganze Nacht beten müssen, dass Mutter gesund werden möge? Beten. Ja, wenn sie das könnte. Woran lag es nur, dass sie dabeisitzen konnte, wenn Mutter morgens die Andacht las und betete, ohne der geringsten Anteilnahme? Warum sagte ihr alles das nichts, was Mutter las, was Mutter glaubte? Sollte es nur daran liegen, dass sie nicht einsehen konnte, dass man Gott gegenüber immer und in jedem Falle schuldig ist? Dass sie auf ihre Anständigkeit pochte?

Weg jetzt mit diesen Gedanken. Während Ingeborg vor dem Schrank stand, überlegte sie was sie anziehen sollte. Schade, die gestreifte Popelinebluse war in der Wäsche. Selbst an solchen alltäglichen Dingen spürte sie das Fehlen der Mutter. Natürlich hätte sie die Bluse längst selbst waschen können. Das war keine große Arbeit. Aber nie hatte sie sich um so etwas gekümmert. Wie oft hatte sie in den drei Wochen, die Mutter nun im Krankenhaus lag, darüber nachgedacht, wie gut es ihr durch Mutters Fürsorge ging. An alles dachte sie, für alles sorgte sie. Es war nicht auszudenken, wie es ohne Mutter sein würde.

Ingeborg streifte das Kleid über, zu dem sie sich in Ermangelung der Bluse entschlossen hatte, und seufzte.

Nein, es war nicht nur die Sorge um die äußerlichen Angelegenheiten, was ihrem Leben Ruhe und Sicherheit bisher verliehen hatte. In dieser Morgenstunde, allein in der Wohnung, allein mit ihren Gedanken, ihren Sorgen, der großen Sorge um Mutter und der kleineren um die Punktzahl, kam ihr nur zu sehr zum Bewusstsein, dass es das andere war, was sie zuversichtlich gemacht hatte: das Wissen, Mutter betet für alles. Was sie gestern halb im Scherz gesagt hatte, war nur zu wahr, sie teilten sich das „Bete und arbeite“. Nur mit dem Unterschied, dass Mutter immer beides getan hatte, während sie selbst sich auf ihren Verstand und ihren Fleiß verlassen hatte. Jetzt beunruhigte sie der Gedanke, dass Mutter gerade zu der gleichen Stunde, da es um die wichtige Entscheidung im Betrieb ging, nicht für ihre Tochter würde beten können.

Ehe Ingeborg die Wohnung verließ, faltete sie die Hände und betete, dass Mutter alles gut überstehen, dass sie gesund werden möge. Niedergeschlagen und enttäuscht ging sie dann aus dem Haus. Merkwürdig, Mutter wurde immer zufrieden und gelassen allen Dingen gegenüber, wenn sie gebetet hatte. Sie jedoch fühlte nur eine tiefe Beunruhigung, wenn sie – wie selten war es geschehen – einmal aus eigenem Antrieb versucht hatte zu beten.

Als sie in das kleine, gemütliche Büro des Werkspsychologen Dr. Antony trat, war es genau acht Uhr.

Die Bahre rollt über den Flur zum Fahrstuhl. Die Schwester hat der Kranken das Laken über das Gesicht gedeckt, um sie vor Zugluft zu schützen. Halb im Dämmerschlaf hört Frau Schneider Stimmen, das Schieben der Fahrstuhltür, ihr Zurückschnappen, sie spürt, dass es in die Tiefe geht. Sie möchte so gern denken, aber sie kann keinen klaren Gedanken fassen. Zwischen acht und zehn – zwischen acht und zehn – was bedeutet das? So sehr sie sich bemüht, sie findet keinen Zusammenhang mehr. Als sie mühsam und mit großer Anstrengung die Augen noch einmal aufschlägt, liegt sie in einem Raum, dessen Wände bis an die Decke gekachelt sind. ‚Operation', fällt ihr ein. Aber da ist noch etwas anderes zwischen acht und zehn. Es ist etwas mit Ingeborg. Frau Schneider liegt still mit gefalteten Händen. Wenn sie den Kopf ein wenig zur Seite neigen würde, könnte sie die Uhr über der Tür des Vorbereitungszimmers sehen. Sie neigt den Kopf nicht zur Seite. ‚Wenn ich die beste Punktzahl schaffe.' Ingeborg? Sie glaubt ganz deutlich die Stimme ihres Kindes zu hören.

Jemand kommt herein. Sie kann nicht mehr unterscheiden, wer es ist. Kühl und fest schließen sich Finger um ihr Handgelenk.

„Der Puls ist gut", sagt eine Stimme und ruft dann ihren Namen. „Frau Schneider?"

Sie öffnet die Augen und versucht zu lächeln.

„Schlafen Sie ruhig weiter."

Der Arzt spricht mit der Schwester. Fremdworte, die sie nicht deuten kann. Es ist jetzt auch alles gleich. Der Professor hat gesagt, ihr Herz sei gekräftigt, er hoffe ihr durch die Operation helfen zu können.

‚Es ist nur wegen Ingeborg, dass ich noch leben möchte. Sonst könnte ich getrost heimgehen. Ingeborg. Punktzahl? Was ist Punktzahl? Es hat mit Ingeborg zu tun. Ich muss sie danach fragen, später – später?'

Acht Uhr fünfzehn.

Gleichzeitig mit Ingeborg Schneider tritt Fräulein Hargarten in das Büro, das allgemein kurz „Studio" im ganzen Betrieb genannt wird. Eine Minute später, als Dr. Antony die gegenüberliegende Tür öffnet, kommt Frau Mehring, ein wenig abgehetzt und außer Atem. Ingeborg fühlt leises Mitleid. Sie ist Witwe und hat für zwei Kinder zu sorgen. Man hat ihr hier wohl eine Chance geben wollen. Ingeborg kennt die ältere Kollegin von einer kurzen Zeit der Zusammenarbeit. Von der Seite hat sie nichts zu fürchten. Die Hargarten hat lange Zeit in der Buchhaltung gesessen. Ingeborg kennt sie nicht näher. Von einem Betriebsfest weiß sie, dass diese Kollegin für arrogant gilt und wenig beliebt ist. Scheint aber tüchtig zu sein.

„Guten Morgen, meine Damen", sagt Dr. Antony. „Bleistifte gespitzt? Verstand geschärft? Es wird nicht schlimm. Beginnen wir zunächst mit dem Stenogramm.“

Die Sonne scheint schräg ins Zimmer. Dr. Antonys Stimme, gleichmäßig und ruhig, lässt den Gedanken fern, dass es hier um eine wichtige Entscheidung geht.

‚Zwischen acht und zehn‘ ... ‚der Ausgang fraglich‘ – schreiben, Ingeborg, schreiben – Punktzahl.

„... das Phänomen der kommunizierenden Röhren –“, diktiert Dr. Antony.

Der Stift gleitet rasch und sicher über das Papier. Nein, sie kommt nicht aus dem Konzept.

„... Kraft der Assimilation ...“

‚Denkt dieser Doktor, das mache Schwierigkeiten, weil solche Begriffe hier nicht täglich im Gebrauch sind – wie bitte?‘

„...Mediziner, Psychologen, Juristen, Wirtschafts-, Sozial- und Agrarwissenschaftler haben gemeinsam...“

Weit weg ist die Mutter, der Sonnenschein, die ganze Welt. Da ist nur die gleichmäßig diktierende Stimme.

„Nein, streichen Sie den letzten Satz, wir schreiben...“

Da ist nur das linierte Blatt und der Stift, da ist nur das Ohr als Empfangsgerät, das Gehirn ist beinahe ausgeschaltet. Es zuckt nur auf, wenn ein Wort nicht gleich vom Ohr zur Hand laufen will.

Zeit? Kein Begriff. Schreiben, schreiben, schreiben.

„So, das hätten wir.“

Dr. Antony greift in seine Aktentasche und holt drei Bündel unsortierter Papiere hervor. Ingeborg wirft einen schnellen Blick auf die Armbanduhr. Acht Uhr fünfzehn.

Die Bahre rollt. Ein Raum mit Licht, mit sehr viel Licht. Das ist nicht die Sonne. Frau Schneider ist ganz ruhig. Stimmen gedämpft, fern. Da ist wieder eine Hand an ihrem Gelenk.

„Atmen, tief atmen, ganz tief. Zählen Sie, eins, zwei, drei...“ Atmen und zählen, es ist so kompliziert.

„Drei... vier...“

Es strömt in sie hinein. Süßlich, schwer. Was geschieht? Sie möchte die Hände falten. Sie kann es nicht. Sie möchte sich besinnen, besinnen auf was? Sie weiß es nicht. ‚Ingeborg. Punktzahl. Mein Herr und mein Gott.‘

Nichts weiß sie von allem, was um sie, was mit ihr geschieht. Es ist Nacht und Dunkel. Ein traumloses Fernsein aller Dinge. Um sie herum aber Leben, aufregendes, tätiges Leben. Schweigendes Hin und Her, gespannte Aufmerksamkeit.

Alles fertig? Der Arzt, das Skalpell in der Hand, wirft einen Blick auf die Uhr über der Tür.

Acht Uhr dreißig.

„Möchten Sie das hier bitte sortieren und verbuchen? Ein Kontenrahmen liegt bei.“

Ingeborg sieht ein Durcheinander von Rechnungen, Quittungen, Gutschriften, Wechseln, Lohnstreifen, Postabschnitten und wer weiß was für kaufmännische Unterlagen vor sich auf dem Tisch liegen. Eine Minute dauerte es vom letzten diktierten Wort bis zu dem Augenblick, da sich dieses Durcheinander vor ihr häuft.

In dieser einen Minute ist plötzlich alles wieder da. Die Mutter, das Krankenhaus, die Punktzahlen, die Zeit.

‚Man müsste beten können. Für Mutter. Jetzt, in dieser Situation, in diesem Hin- und Hergerissensein kann man es natürlich nicht lernen. Es kommt jetzt auf die Schnelligkeit an. Das gehört zum Test. Schnell und richtig – ergibt

Punkte. Eintragen. Schnell und richtig und sauber. Ergibt Punkte.‘

Irgendetwas zerrt an ihren Nerven.

‚Mutter. Nicht denken, nicht daran denken. Nur auf diese Arbeit jetzt konzentrieren.

Ja, Mutter hatte gewusst, warum sie von der Operation nichts sagte. Hätte die Schwester doch lieber auch davon geschwiegen. Ich kann ihr ja nicht helfen.

Halt, das wäre beinahe in die falsche Spalte gekommen. Aufpassen, Ingeborg.

Wenn ich Mutter schon nicht helfen kann, muss das hier wenigstens klappen. Damit ich ihr später...

Kreditverkauf an Müller, Kundenkonto Soll –

Für 200 Mark Briefmarken – Kassenkonto – Haben. Muss auch in die Unkostenspalte.

Wozu das Ganze eigentlich? Braucht man im Vorzimmer niemals. Alles nur wegen der Punktzahl. Nett, dass mich Wollgrabe vorgeschlagen hat. Fracht auf Sendung Schulze – Buchführung hatte ich eine glatte Eins im Abschluss. Man verlernt so etwas, wenn man nicht in der Übung bleibt. Wohin mit der Fracht? Warenkonto Soll. Muss das mit ins Unkostenkonto?

Kon-zen-trie-ren, kon-zen-trie-ren!

Warum ist sie so nervös? Um dies bisschen Buchführung? Der Gedanke an die Mutter?‘

Dr. Antony hat sich eine Zigarette angezündet. Er geht hin und her, wirft einen Blick auf die Papiere. Links hat Ingeborg die erledigten Sachen hingelegt. Sie möchte auf die Uhr sehen. Mutters wegen.

Sie wagt es nicht. Es macht einen Eindruck der Unsicherheit. Man weiß nicht, wie das gewertet wird, das hat ihr Wollgrabe neulich gesagt. Man muss sich sehr zusammennehmen, auf alles achten.

Dr. Antony dreht ihr den Rücken zu. Jetzt, rasch.

Acht Uhr fünfundvierzig.

Alles läuft wie am Schnürchen. Es ist nicht so, als ob es um Tod und Leben ginge. Es ist eine Operation, wie man schon viele erlebte. Sie sind das gewöhnt, alle, die um Frau Schneider bemüht sind. Das Herz ist schwach, das heißt von vornherein „Achtung“. Jeder weiß, was er zu tun hat. Ruhig und sicher sind die Hände des operierenden Professors. Dr. Kruse, der Anästhesist, dosiert vorsichtig und genau. Das schwache Herz ist die einzige Gefahr. Trotzdem musste man eingreifen, es war gerade noch Zeit dazu. In einem halben Jahr wäre ihr nicht mehr zu helfen gewesen.

Schwester Angela, die den Puls kontrolliert, steht reglos wie eine Bildsäule da. Instrumente klirren leise auf Glas.

Noch bevor Schwester Angela das Zeichen gibt, dass der Puls aussetzt – sie hat den Kopf nur ein Wenig bewegt – nimmt Dr. Kruse den Äther zurück und fast gleichzeitig weiten sich die Augen des Professors. Schwarz und stockend tropft das Blut aus der Operationswunde.

Das Herz steht still. Es ist neun Uhr.

In diesem Augenblick merkt Ingeborg, ohne hinzusehen, dass die Kollegin am andern Tisch, Fräulein Hargarten, mit ihrer Arbeit fertig ist. Ihre Nervosität steigert sich.

Natürlich kann die andere eher fertig sein, wo sie so lange in der Buchhaltung gearbeitet hat. Außerdem wird alles, was sie gemacht hat, richtig sein. Ob ihre Eintragungen alle stimmen, weiß sie nicht genau. Noch drei Unterlagen sind zu verbuchen. Gleich wird Dr. Antony „Schluss" sagen. Und er notiert die Zeit.

‚Wenn ich mich nur konzentrieren könnte.'

Ingeborg möchte nichts Anderes denken als das, was es jetzt zu denken gibt, die Arbeit, die vor ihr liegt. Sie reißt sich zusammen, schreibt den letzten Posten und denkt unsicher: ‚Hoffentlich ist alles richtig'. Sie legt die Papiere zusammen.

Die Hargarten schaut ein wenig spöttisch zu ihr herüber. Ingeborg fühlt das Blut in die Wangen steigen. ‚Was kommen jetzt noch für Aufgaben?'

Mutter! Kommt alle Unsicherheit vielleicht daher, weil Mutter nicht für sie beten kann? Unsinn.

Es ist einfach der Gedanke an Mutter selbst. Es ist unmöglich, nicht an sie zu denken. Immer wieder gleiten die Gedanken ab. Ist das ein Wunder? Wenn Dr. Antony wüsste, was sie belastet und ablenkt, würde er wahrscheinlich – ach was, nichts würde er. Bei der Arbeit hatte man bei der Sache zu sein.

Was hat er eben gesagt? Ingeborg merkt betroffen, dass sie es ganz einfach überhört hat. Beten.

‚Lieber Gott – nein, ich kann nicht beten. Dass man die Gedanken nicht zwingen konnte!‘

„Fräulein Schneider, wollen Sie die Gardine nicht zuziehen? Gleich haben Sie die Sonne mitten auf dem Tisch.“

Ingeborg steht auf und geht zum Fenster. Ihr Blick streift die Kolleginnen, die jetzt Rivalinnen sind. Ein Glück, dass man in verschiedenen Abteilungen sitzt. Dieses Auswahlsystem brachte viel Neid.

Ob sie auch wissen, worum es geht? Sie muss ja auch so tun, als ob sie es nicht wüsste. Vielleicht hat denen auch jemand ganz vertraulich einen Wink gegeben.

Erst nach einer Weile merkt Ingeborg, dass Dr. Antony eine Pause eingeschaltet hat. Da sind ihre Gedanken schon wieder bei der Mutter. Ob sie es schon hinter sich hat?

‚Zwischen acht und zehn. Ich habe Angst. Ich habe Angst, furchtbare Angst. Warum nur?‘

Ingeborg betrachtet geistesabwesend ihre Hände.

‚Der Erfolg ist zweifelhaft. Warum dann überhaupt eine Operation? Ein paar Jahre hätte Mutter bestimmt noch zu leben gehabt. Wenn ich mich gestern Abend nur nicht so dumm benommen hätte.‘

„Sie sind ja ganz abwesend, Fräulein Schneider“, sagt Dr. Antony. Ingeborg wird verlegen. Soll sie ihm sagen, warum sie abwesend ist? Nein, das würde so klingen, als wolle sie von vornherein eine Entschuldigung haben, wenn sie nicht gut abschneidet.

„Es geht nicht um Kopf und Kragen, meine Damen. Sie wissen, wir testen ab und zu, um jeden an den Platz zu stellen, an dem er das Beste zu leisten imstande ist. Nun wollen wir einmal weiter sehen."

Die Sonne kann noch durch einen schmalen Spalt zwischen den beiden Gardinen herein scheinen. Sie legt einen hellen Streifen auf Ingeborgs Tisch. Aber sie kann jetzt nicht noch einmal aufstehen, um die Gardine besser zusammenzuziehen.

Dr. Antony sieht nach der Uhr und sagt: „Es ist neun Uhr fünfzehn. Ich habe jetzt eine besondere Aufgabe für Sie."

Die Milchglasscheiben wehren der Sonne den Zutritt in den Operationssaal. Wer in diesem Raum hätte jetzt auch Zeit, an die Sonne zu denken?

In dem Augenblick, als der Puls aussetzte, die Pupillen groß und starr wurden und das Blut dunkel tropfte, lief das Räderwerk dieses menschlichen Apparates nach einem anderen Prinzip, nicht weniger sicher, nicht weniger exakt. Wieder wusste jeder, was er zu tun hatte. Kaum ein Wort fiel. Ein Blick, ein Kopfnicken, es griff ineinander, eine menschliche Maschinerie, jedes Gehirn für sich denkend, jede Hand für sich handelnd, und doch einander verstehend und ergänzend. Sie wussten es alle in diesen kritischen Augenblicken, das ging auf Tod und Leben. Wer würde den Sieg davontragen?

Es war drückend heiß im Saal. Schweiß perlte auf den Stirnen. Dr. Kruse atmete schwer unter der

Anstrengung der künstlichen Atmung. Denken? Hier war alles Denken in eine feste Spur gebannt, hier gab es kein Ausbrechen auch nur eines einzigen Gedankens. Auch dann nicht, als prustend mit dem ersten Atemzug leichter Schaum auf die Lippen trat, der aufzuckende Herzschlag das Blut wieder durch die Adern trieb.

Erst als die Patientin wieder in die richtige Lage gebracht war und der Professor weiterarbeitete, sah die Schwester mit einem schrägen Blick, ohne den Kopf zu drehen, auf die Uhr.

Neun Uhr fünfzehn.

Es war nicht einfach eine Rechenaufgabe. Es war ein verzwicktes Ding von Fragen, die zu beantworten waren durch Berechnungen, die sich aus dem Zusammenhang ergaben.

Das war etwas für Ingeborg. Da würde sie aufholen, was sie eben an Punkten verloren haben mochte. Es wurde ihr ganz leicht und frei ums Herz. Sie dachte nicht ein einziges Mal an die Mutter.

Später, wenn sie den Ablauf der Zeit von acht bis zehn überdachte, wunderte sie sich immer wieder, wie das möglich gewesen war. Jetzt hätte es kaum etwas ausgemacht, wenn ihre Gedanken abgeschweift wären. Was da als Aufgabe gestellt war, erschien ihr kinderleicht und amüsant. Sie schrieb flott und ohne aufzusehen.

Dr. Antony, der im Rahmen des gesamten Tests alle drei beobachtete, hatte seine Gedanken über Ingeborg. Gewöhnt, alles zu registrieren und zu beurteilen, stellte er fest, dass dieses Fräulein Schneider eben keineswegs bei der Sache gewesen war. Lag ihr die eine Arbeit so wenig oder wodurch war sie behindert oder beeinflusst worden? Wie gesammelt, wie heiter wirkte sie jetzt! Unterlag sie Stimmungen? Das war für den Posten einer Chefsekretärin nicht günstig. Ein solcher Arbeitsplatz verlangte nicht nur Intelligenz und Einfühlungsvermögen. Ausgeglichenheit war ebenso wichtig.

Frau Mehring quälte sich offensichtlich sehr mit allen Aufgaben herum. Sie kam, soweit er jetzt schon beurteilen konnte, für die Stellung nicht in Frage. Man konnte im Betrieb Rücksichten nur in gewissen Grenzen nehmen. So leid es ihm tat, er würde sich nicht für sie entscheiden können.

Blieb dieses Fräulein Hargarten. Unsympathisches Wesen. Allerdings sehr ruhig und gleichmäßig im Arbeiten. Wahrscheinlich würde sie eine gute Punktzahl herausholen.

Fünfzehn Minuten hatte er für die Lösung der Aufgabe angesetzt, die in erster Linie logisches Denken verlangte. Schon nach zehn Minuten hob Ingeborg den Kopf. In ihren Augen stand noch die Freude an der witzigen Aufgabe.

Dr. Antony nahm ihr Blatt in die Hand und sah sofort, dass die Aufgabe richtig gelöst war. Gut war das, sehr gut. Dazu in so kurzer Zeit. Er verzog keine Miene. Ingeborg wusste jedoch genau, dass sie keinen Fehler gemacht hatte und blieb vergnügt.

‚Mutter', dachte sie froh. – ‚Lieber Gott, Herr Jesus und alle guten Geister, ich will gern an euch glauben, man kann es nur nicht auf Kommando. Wie spät ist es eigentlich?‘

Neun Uhr dreißig.

Neun Uhr dreißig streifte der Professor die Handschuhe ab und sagte: „Hat sie nicht eine Tochter? Man sollte sie benachrichtigen."

„Sofort?"

Der Professor nickte. „Ja. Es ist besser. Legen Sie die Patientin einzeln."

Wo sollte man jetzt die Tochter auftreiben!

Dr. Kruse war es, der diese Frage an die Operationsschwester richtete. „Wissen Sie, wo die Tochter zu erreichen ist?"

„Ist notiert. In jedem Fall. Das müssten Sie doch wissen, Herr Doktor."

„Ist die Tochter die einzige Verwandte?" Die Schwester nickte nur und begann das Instrumentarium in den Waschraum zu tragen. Schwester Margarete war gerade mit einer Aufnahme beschäftigt, als die Anweisung bei ihr ankam, dass Frau Schneider einzeln liegen solle. „Die Tochter soll benachrichtigt werden", fügte die Schwester hinzu, die mit heraufgekommen war.

„Schwester Rose soll das Bett von Frau Schneider in 27 auswechseln. Dann legen wir die Aufnahme in den Saal."

Sie geht, um selbst nach Frau Schneider zu sehen. Diese liegt bleich und still in den Kissen. Schwester Susi sitzt mit der Brechschale neben dem Bett.

„Die Tochter soll benachrichtigt werden. Geben Sie gut Acht. Schellen Sie sofort, wenn Sie nicht allein fertig werden.“

Schwester Margarete geht in das Schwesternzimmer und blättert in Frau Schneiders Aufnahmepapieren. Zu benachrichtigen: Tochter Ingeborg Schneider, zu erreichen bei der Firma Kroeber und Keneth, liest sie. Sie bittet bei der Zentrale um Amtanschluss und wählt die angegebene Nummer.

Es ist gerade zehn Uhr.

Nach der Rechen-Denkaufgabe war noch ein englischer Brief zu übersetzen, ein kurzer, leicht verständlicher Geschäftsbrief, und die Antwort darauf zu formulieren.

Ingeborg musste mitten in der Übersetzung wieder an die Mutter denken. Jetzt würde sie wohl alles überstanden haben. „Zwischen acht und zehn“, hatte die Schwester gesagt. Wie lange dauerte eine Operation? Hatte die Schwester sagen wollen, dass Mutter zwischen acht und zehn an der Reihe sein würde oder sollte das heißen, die Operation dauert von acht bis zehn?

Von acht bis zehn oder zwischen acht und zehn? Der Unterschied gewann plötzlich Bedeutung.

Ingeborg hatte keine Ahnung, ob eine Operation zwei Stunden dauern könnte. Sie starrte auf das Blatt vor sich und las einmal, zweimal denselben Satz, ohne den Sinn zu erfassen.

‚Ich werde nachher gleich in der Klinik anrufen. Die Ungewissheit macht einen ganz nervös.‘

Wieder gelang es ihr mit größter Anstrengung, sich auf die Arbeit zu konzentrieren. Als sie einmal flüchtig aufblickte, merkte sie, dass Frau Mehring den Brief beiseite legte. Ist sie schon fertig?

Dr. Antony saß an seinem Schreibtisch, scheinbar völlig uninteressiert. Ingeborg ließ sich durch diese Haltung nicht täuschen. Bestimmt nahm er alles wahr, was im Raume geschah, jedes Kopfheben würde er bemerken. Ingeborg fühlte, wie aller Ehrgeiz plötzlich dahin war. Was half alle Anstrengung, was bedeutete der Aufstieg, das bessere Gehalt, wenn Mutter nicht mehr da sein würde?

‚Bin ich schon so weit, dass ich an allem verzage?'

Ingeborg formulierte das Antwortschreiben. Es machte ihr keine Mühe. Fast gleichzeitig legen alle drei Prüflinge den Füllhalter hin.

„Schön", Dr. Antony erhob sich, „ nun haben wir nur noch das Stenogramm von eben zu übertragen. Nicht wahr, meine Damen, es war nicht so schlimm, das Ganze."

Die drei nahmen ihren Stenogrammblock und wandten sich zu den Schreibmaschinen.

Ingeborg hatte schon wieder auf die Uhr gesehen. Zehn Uhr. Es musste nun vorbei sein, dort im Krankenhaus. Mechanisch spannte sie mit einem Durchschlag den Bogen ein. Hinter ihr saß Frau Mehring. Sie fragte flüsternd:

„Sie schreiben mit Durchschlag?"

Ingeborg, nur die Augen hebend, sah ein leichtes Lächeln über Dr. Antonys Gesicht huschen.

„Selbstverständlich“, sagte sie leise, ohne den Kopf zu wenden. Dann begann sie zu schreiben.

In diesem Augenblick klopfte es zaghaft. Dr. Antony ging zur Tür.

Der Anruf vom Krankenhaus wurde bei Kroeber und Keneth von der Zentrale zur Abteilung Wollgrabe geleitet.

„Fräulein Schneider ist im Augenblick nicht zu erreichen“, sagte der Abteilungschef in die Muschel.

Von der anderen Seite kam der Bericht, um was es sich handelte, die Frage, wo und wann die Tochter der Schwerkranken zu erreichen sei. Herr Wollgrabe versprach, unter diesen Umständen zu veranlassen, dass Fräulein Schneider sofort zum Krankenhaus käme.

Als er aufgelegt hatte, musste er sich erst einen Augenblick sammeln. Das war ja eine tolle Sache. Da saß die Tochter drüben im Studio beim Test, während die Mutter zwischen Tod und Leben schwebte. Herr Wollgrabe stützte mit Daumen und Zeigefinger das Kinn und überlegte. Sollte er selbst hinübergehen, um ihr Bescheid zu sagen? Im Studio war kein Telefonanschluß. Dr. Antony hatte das so angeordnet. Selbst gehen? Nein, aber wen schickte man hinüber? Oder wartete man, bis die Prüfung zu Ende war? Es war jetzt zehn Uhr, lange würde es kaum noch dauern.

Nein, das ging nicht. Dazu war die Sache mit der Mutter zu dringend. Die Schwester oder wer da gesprochen hatte, ließ keinen Zweifel darüber bestehen, dass es sehr eilig war.

Unangenehme Aufgabe, so etwas zu übermitteln. Er rief ins Abteilungsbüro hinüber und ließ Fräulein Goßner kommen. Sie erschien ihm einigermaßen geeignet für den Auftrag.

„Fräulein Goßner, gehen Sie schnellstens hinüber ins Studio und bitten Sie Herrn Dr. Antony, er möchte Fräulein Schneider sofort herüberschicken. Die Mutter von Fräulein Schneider liegt im Sterben, die Klinik hat angerufen, die Tochter möchte sofort kommen. Machen Sie das ein bisschen geschickt. Am besten sagen Sie nur Herrn Dr. Antony Bescheid. Ich erkläre Fräulein Schneider dann schon, worum es sich handelt."

Fräulein Goßner war die Jüngste der Abteilung. Sie lief schnell über den Hof ins Hauptgebäude hinüber und verschnaufte kaum einen Augenblick, ehe sie anklopfte.

Dr. Antony wies auf den Leuchtkasten über der Tür, in dem deutlich sichtbar geschrieben stand:

Bitte nicht stören.

Die kleine Goßner nickte. „Ich habe es gelesen, aber..."

„Nichts aber, mein Fräulein..."

Dr. Antony wollte die Tür wieder schließen. Fräulein Goßner, die nur eine unklare Vorstellung hatte von der Bedeutung, die ein solcher Test für Dr. Antony hatte, dafür aber eine sehr deutliche Erkenntnis der Situation, die sich durch den Anruf des Krankenhauses ergab, zwängte sich, der Ungehörigkeit ihres Benehmens kaum bewusst, geradezu zwischen die Tür und sagte schnell:

„Ich muss aber stören. Es liegt jemand im Sterben."

Ingeborg, die weder auf das Klopfen noch auf den Vorgang an der Tür geachtet hatte, hörte den Ausruf. Sie wusste sofort, wem das galt. Sie stand auf. Die Knie zitterten ihr. Sie hörte, was das junge Mädchen Dr. Antony berichtete, sah ihren Blick auf sich gerichtet. Bleich und mit großen Augen im verstörten Gesicht ging sie, ohne eines Wortes fähig, hinaus.

Ingeborg wankte über den Hof. Sie ging beinahe langsam, obwohl sie Eile hatte. Denken? Sie konnte nichts denken. Sie ging die Stufen hinauf, trat ins Büro ihres Abteilungschefs, hörte, was er sagte, ohne den Sinn zu erfassen, und nickte schweigend zu seinen Worten. Sie kam erst zur Besinnung, als sie auf der Straße stand und auf die Straßenbahn wartete.

Das dauerte viel zu lange. Da drüben war ein Taxistand. Der Fahrer öffnete ihr den Schlag. Sie sagte das Ziel und fuhr durch das Gewühl der Innenstadt mit dem Gedanken, dass dies ein Traum sein müsse, ein böser, schwerer Traum, aus dem sie gleich erwachen würde.

Direktor Keneth, Schwiegersohn des Seniorchefs und Mitinhaber der Firma, hatte Dr. Antony und den Personalchef zu sich gebeten.

„Ich möchte vor meiner Reise die Frage geklärt wissen, wer die Nachfolgerin meiner Sekretärin wird. Zu welchem Ergebnis sind Sie gestern mit den drei Damen gekommen, Herr Dr. Antony?“

„Leider kann ich Ihnen keine eindeutige Antwort geben“, begann der Werkspsychologe.

Der Seniorchef, Herr Kroeber, erschien im Türrahmen. Sein Schwiegersohn begann nervös auf der Schreibtischplatte zu trommeln.

„Mich interessieren Ihre Bemühungen, lieber Doktor“, er nahm in einem Klubsessel Platz.

Dr. Antony hätte gern auf das Interesse des Seniors verzichtet.

„Ich weiß, Herr Direktor Kroeber, Sie halten nichts von Tests. In diesem Falle ist auch weniger von einem Test zu reden. Es war eine Leistungsprüfung, wie man sie auch schon früher durchführte.“

„Leistungsprüfung, hm, ganz nett, mein lieber Doktor. Schauen Sie, wenn ich früher jemand für einen besonderen Posten im Büro oder im Betrieb aussuchte, dann ging ich in Gedanken die Reihe meiner Leute durch und dann wusste ich nach zehn Minuten, wer geeignet war. Ich könnte mich nur eines Falles erinnern, wo ich fehl gegriffen habe. Heute macht man das mit Tests und Prüfungen und was weiß ich.“

„Wenn ich mir hierzu eine Bemerkung erlauben darf, Vater“, sagte Direktor Keneth bei aller förmlichen Höflichkeit nicht ohne Schärfe, „damals hatte der Betrieb eine Handvoll Leute. Da war es möglich, jeden zu kennen.“

„Ja“, stimmte Dr. Antony zu, dankbar für die Hilfestellung. „Es bleibt bei der Größe des Unternehmens kaum eine andere Wahl.“

„Ich hätte mir ebenso gern eine ganz neue Kraft von draußen geholt, wenn du nicht so interessiert daran gewesen wärst, innerhalb der Firma jemand aufrücken zu lassen“, äußerte Direktor Keneth.

Dr. Antony, der es mit dem Senior nicht ganz verderben wollte, meinte: „Was unbedingt sehr viel für sich hat. Es spornt an, wenn man hört, dass es Aufstiegsmöglichkeiten innerhalb der Firma gibt."

Der Alte winkte ab. „Kommen wir zu Ihrem Ergebnis, Herr Dr. Antony."

„Um es kurz zu sagen, nach der erreichten Punktzahl und meiner Beurteilung der drei in die engste Wahl gezogenen Damen erscheint mir Fräulein Hargarten für die Stellung einer Sekretärin am geeignetsten. Wenn ich das begründen darf, Fräulein Hargarten hat während der mehr als zwei Stunden ruhig und gleichmäßig gearbeitet. Ihre Resultate sind einwandfrei. Ziehen wir noch in Betracht, dass sie seit zehn Jahren in der Firma tätig ist, dass sie ferner über tadellose Umgangsformen verfügt, so dürfte kein Zweifel darüber sein, dass sie sich in einer solchen Position bewährt."

„Herr Schröder", wandte sich der junge Keneth an den Personalchef, „wie beurteilen Sie nach ihren langjährigen Erfahrungen die Dame?"

„Aha", rief der alte Herr Kroeber belustigt aus, „du machst dem alten System Konzessionen, das freut mich."

Der Personalchef war sichtlich erfreut, dass er zu Worte kam. Er war erbitterter Gegner des Tests im Allgemeinen und Dr. Antonys im Besonderen.

„Ich weiß sehr gut, dass Fräulein Hargarten eine sehr gute Kraft ist. Ihre Leistungen stehen weit über dem Durchschnitt. Das wurde mir im Laufe der Jahre von allen Abteilungsleitern bestätigt. Umso verwunderlicher war mir, dass sie trotz ihrer Leistungen und trotz ihres Fleißes von jeder

Abteilung gern abgegeben wurde, wenn ich eine Arbeitskraft anforderte. Sie werden verstehen, dass ich daraufhin vertraulich mit den einzelnen Herren gesprochen habe. Unabhängig voneinander sagten sie mir, dass Fräulein Hargarten eine Art hat – sagen wir –“, er suchte nach einem Wort, was treffend, jedoch nicht allzu abfällig klingen sollte, „vielleicht etwas maliziös – eine Art von Besserwisserei, die das Zusammenarbeiten mit ihr nicht erfreulich machte.“

„Ja, gerade so kommt sie mir auch vor“, nickte der Senior.

„Glaubst du, Vater, dass sie mir gegenüber maliziös sein würde?“

„Mein Sohn, deine gute Meinung in Ehren. Ich habe leider oft die Erfahrung gemacht, dass Damen, vor allen Dingen tüchtige Damen, in dem Alter wie Fräulein Hargarten, anfangen schwierig zu werden. Aber du musst es wissen, sie soll ja in dein Vorzimmer.“

„Darf ich daran erinnern“, mischte sich nun Dr. Antony wieder ein, „dass Sie die Befürchtung aussprachen, junge Damen heirateten meist und man müsse bald wieder eine Neue suchen.“

„Stimmt. Aus diesem Grunde schlug ich Frau Mehring vor. Ein ruhiger, angenehmer Mensch. Hat für zwei Kinder zu sorgen und würde immer bemüht sein, die Stellung zu behalten. Wie beurteilen Sie diese Frau, Herr Doktor?“

„Ich fürchte, sie ist den Anforderungen dieser Stellung nicht gewachsen.“

„Wie war das mit Fräulein Schneider? Ich hörte, die Mutter sei schwerkrank. Ist das Ergebnis der Prüfung vielleicht dadurch beeinträchtigt worden?", fragte Herr Schröder.

Dr. Anthony musste objektiv bleiben. Wenn die Sekretärin, die er vorschlug, sich nicht bewährte, hatte er mit dem Spott des Seniors zu rechnen. Bei jeder Gelegenheit würde er den Misserfolg in der Sache erwähnen.

„Fräulein Schneider, ja, schade, dass sie vorher unterbrochen hat. Ich kann die Übertragung des Stenogramms noch nachholen lassen, wenn Sie wünschen."

„So ein umständliches Verfahren", rief der Senior und erhob sich. „Ich bin gespannt, was zum Schluss dabei herauskommt."

Er ging in sein Büro hinüber und machte die Tür hinter sich zu.

Stirnrunzelnd erhob sich auch Direktor Keneth.

„Ich werde mir die beiden Damen selbst noch ansehen, ich danke Ihnen, meine Herren."

Der Tag kündigte sich mit rötlicher Dämmerung an. Frau Schneider erwachte, drehte den Kopf nach links, nach rechts, dann fiel ihr ein, dass sie allein im Zimmer lag.

Es war ganz still im Haus. Die Kranke faltete die Hände über der Bettdecke und sann darüber nach, wie seltsam das war: Man versank in eine unergründliche Tiefe, wusste nichts von der Umwelt, nichts von sich selbst. Es geschahen gewaltsame Dinge mit dem Körper, Dinge, von denen man, wieder erwacht, nur noch einen leisen Schmerz, ein Unbehagen fühlte. Sie versuchte nachzurechnen, wie viele Tage sie schon hier lag in einem Zustand, von dem sie nicht wusste. War es ein Wechsel zwischen Schlafen und Wachen oder war es ein Dahindämmern gewesen, egal ob es Tag war oder Nacht? Fern aller Sorge war sie gewesen. Lichte Gedanken hatten sie beschäftigt. Sie hatte sich als junge Frau an der Seite des geliebten Mannes gesehen, Ingeborg als drolliges, kleines Mädel, ja, Einzelheiten aus ihren eigenen Kindertagen waren lebendig geworden.

Die Kranke brauchte eine ganze Weile, ehe sie den Weg aus jenen Gefilden in die Gegenwart fand. Heute hatte sie zum ersten Mal einen klaren Kopf und konnte nachdenken, ohne dass sie sich in längst Vergangenes verirrte.

Sie wusste nicht, wie ernst ihr Zustand auch jetzt noch war.

Vor dem Fenster begann eine Amsel zu flöten. Wie viel jubelnden Wohllaut das Tierchen in seiner Kehle hatte!

Frau Schneider lauschte dem Vogellied und musste an manche Morgenstunde denken, wenn sie nach kurzer Nacht mit beginnendem Tag wieder an ihre Näharbeit gegangen war. Das war Ingeborgs ständiger Kummer. Da setzte immer ihre Kritik an dem Glauben der Mutter ein. Es waren die Argumente des Zweifels, die das Mädchen dann aussprach.

„Warum musst du dich so quälen, damit ich etwas lernen kann? Warum geht es vielen Menschen, die sich nie um Gott Gedanken machen, so gut? Welchen Zweck, welchen Sinn haben deine Gebete, wenn du trotzdem nur mühsam mit der Hände Arbeit bis tief in die Nacht hinein das Nötigste erwerben kannst?“

Immer stellte Ingeborg Vergleiche an mit denen, die sich etwas leisten konnten.

Ach, meist war sie den Gründen und Beweisführungen der Tochter nicht gewachsen. Von der Zeit an, als der Vater starb und Mutter mit der kleinen Rente den Anforderungen des Lebens gegenüberstand, war die damals Sechzehnjährige rasch gereift und hatte sich ganz plötzlich von dem Kinderglauben gelöst. Immer fester hatte sich in dem jungen Menschen der Gedanke verwurzelt, dass man nur durch eigene Kraft, durch Fleiß, Ausdauer und Energie vorwärts kommen könne.

Was würde sie jetzt zu Mutters Glauben und Geduld, zu ihrer stillen Ergebung sagen, da sie bestimmt für lange Zeit schwach und unfähig sein würde, etwas zu verdienen?

War da nicht die Aussicht für Ingeborg, im Betrieb versetzt zu werden, besser zu verdienen? Aber würde sie darin Gottes freundliche Führung erkennen?

Ingeborg, der vom Arzt ein täglicher kurzer Besuch bei der Mutter erlaubt worden war, wartete jedes Mal auf ein Zeichen des Erkennens. Mit tiefer Sorge beobachtete sie den Dämmerzustand der Kranken.

Ingeborg fühlte sich verlassen und der Verankerung ihres Daseins bedroht. Wenn sie heimkam, ordnete sie den kleinen Haushalt notdürftig und lustlos. Dann saß sie allein am Tisch, nähte einen Kragen auf ihr Kleid oder bügelte eine Bluse, Dinge, die sonst die Mutter bei aller Arbeit mit erledigt hatte. Dann überlegte die junge Frau und vergegenwärtigte sich, wie ihr Leben abgelaufen war, friedlich und harmonisch trotz aller Enge und Beschränkung. Musste man erst durch den Verlust auf das aufmerksam gemacht werden, was man besaß?

Die Angst um die Mutter ließ sie Zuflucht nehmen zum Gebet. Aber sie wurde dadurch nicht ruhiger. Es war vielmehr so, dass sie dann wach in den Kissen lag und keine Ruhe vor den quälenden Gedanken fand, dass Gott ihrem Rufen kaum Gehör schenken konnte, da sie Ihn nur jetzt in der Not brauchte. Der Gedanke verfolgte sie, dass sie Mutter an jenem Abend fast scherzhaft vorgeschlagen hatte, das Beten zu übernehmen, während sie es mit der Arbeit halten wolle.

Arbeit. Das, was jetzt durchzustehen war, konnte man nicht meistern, auch wenn man sich die Hände blutig gearbeitet hätte.

Kam Ingeborg morgens ins Büro, war das Erste, was sie tat, in der Klinik telefonisch nach Mutters Befinden zu fragen. Jedes Mal atmete sie auf, wenn es hieß: Den Umständen entsprechend zufrieden stellend.

Langsam begannen die Alltagssorgen für sie dann wieder Gestalt zu gewinnen. Eines Morgens fiel ihr der Stenogrammblock mit dem Diktat von Dr. Antony in die Hände. Wer mochte ihn in das Fach gelegt haben? Sie entsann sich gut, alles im Studio liegengelassen zu haben, wie es gerade lag. Niemand hatte von dem Test gesprochen. Niemand hatte verlangt, dass sie die Übertragung nachholen solle. War das ein gutes Zeichen oder ein schlechtes? Wie wichtig wäre es, dass sie durch ein höheres Einkommen Mutter entlasten und besser pflegen könnte. War es nicht eine Ungerechtigkeit des Schicksals – und sie identifizierte mehr oder weniger Gott mit Schicksal –, dass sie durch das Zusammentreffen von Operation und Test, durch die unglückliche Verknüpfung der Umstände wahrscheinlich die Punktzahl nicht erreicht hatte, die zur Erreichung der Position notwendig war? Wie gut hatte Mutter gewusst, dass es ihre Leistung beeinflusste, wenn sie von der Operation wusste. Warum musste sie Schwester Margarete in die Arme laufen? Warum musste die Schwester erzählen, was die Mutter bewusst verschwiegen hatte? Wenn Gott lenkte, wie Mutter so fest glaubte, warum hatte Er alles so unglücklich gelenkt?

Die Arbeit forderte Ingeborgs Kräfte und Gedanken, sie zwang sich zur vorgeschriebenen Pflicht. Unter allen Anforderungen des Tages verging die Zeit immer rasch.

Abends, auf der Fahrt zum Krankenhaus, sah sie nachdenklich in all die Gesichter derer, die sich dicht in der überfüllten Straßenbahn drängten. Standen sie nicht alle genauso wie sie Tag für Tag in der

Tretmühle des Erwerbslebens, mit einem Gehalt, das gerade von einem Ersten bis zum andern reichte, mit dem sie sich einrichten, eine Familie ernähren mussten? Sie wusste es noch gut aus der Zeit, da sie im großen Büro zwischen den andern gesessen hatte, Anfängerin mit kleinstem Gehalt. Da war der junge Kirbach, der mit seinen achtundzwanzig Jahren bereits Frau und zwei Kinder hatte. Dem ging es kaum besser als ihr und Mutter. Oder diese Frau Mehring, die mit in die Auslese für die frei werdende Sekretärinnenstelle genommen worden war, die arbeitete bestimmt bis in die Nacht wie Mutter, um ihren Kindern eine gute Ausbildung zu ermöglichen. Wahrscheinlich hatte die ein höheres Einkommen noch nötiger als sie. Aber Frau Mehring würde es kaum geschafft haben.

Das war nun einmal so in dieser Welt. Daran änderte auch ein Gott nichts. Die einen litten Mangel, andere wieder konnten sich wer weiß was leisten, fuhren zum Urlaub an die See, nach Tirol, an die Riviera. An Leute, die mit dem Auto durch die Gegend brausten, durfte man schon gar nicht denken. Alles das erstrebte sie nicht einmal. Nur dass Mutter beschaulicher leben konnte. Nur dass Mutter nichts anderes mehr zu tun hätte als das kleine Hauswesen zu besorgen, dass man ihr einmal eine Erholung gönnen konnte, vierzehn Tage des Jahres im Gebirge, irgendwo zwischen Wald und Wiese. Dass man das bei allem Fleiß noch nicht erreicht hatte! Jetzt war nicht daran zu denken, dass Mutter wieder nähte. Wenn keine Gehaltserhöhung kam, würde man jeden Pfennig zusammennehmen müssen. Wo blieb dann eine Möglichkeit, Mutters Genesung zu fördern? Nein, mit Beten war da nichts zu erreichen. Das änderte nichts an den Nöten und Kämpfen des Lebens. Arbeiten musste man, wenn man vorwärts kommen wollte.

Und nun hatte man eine Chance, da kam so etwas dazwischen! Trotz aller Gebete der Mutter.

An Gottes Segen – Mutter würde sagen, dass Gottes Segen gefehlt habe. Aber warum fehlte er? Warum segnete Gott ihr gutes Streben, ihren Fleiß nicht? Wenn es an Gottes Segen lag – sie konnte und wollte das zwar nicht glauben –, aber angenommen, es lag an Gottes Segen, war es nicht eine Ungerechtigkeit, dass ihr dieser Segen versagt blieb, wo sie nur Gutes im Sinn hatte?

Ingeborg stand auf der hinteren Plattform eingezwängt, das Gesicht zum Fenster gewandt. Hinter sich hörte sie jemand sagen: „Weißt du schon, dass die Hargarten Chefsekretärin wird, wenn die jetzige heiratet?“

Ingeborg horchte auf. Die hatte es also geschafft. Natürlich, die hatte in Ruhe und ohne Gedanken an eine kranke Mutter den Test bis zum Ende durchgeführt.

Eine zweite Stimme antwortete: „Na, da wird sie noch ein bischen hochnäsiger durch die Gegend laufen und uns gewöhnliche Sterbliche nicht mehr sehen.“

Und eine dritte: „Ja, vielleicht zieht sie sich dann im Betrieb mittags noch mal um, damit sie ihre ganze Garderobe zur Schau stellen kann.“

Ingeborg wäre am liebsten davongelaufen, um die Fortführung des Gesprächs nicht anhören zu müssen.

„Ich glaube, das ist nichts wie Protektion. Ihr Vater hat sicher zur Firma gute Beziehungen."

„Protektion oder nicht, die hat es gerade nötig, in so einen Posten hineinzurutschen. Da ist doch zu Hause Geld genug, dass sie überhaupt nicht zu arbeiten brauchte."

Ingeborg biss sich auf die Unterlippe. Ja, so war es, wo war da eine Spur von Gerechtigkeit?

Als sie ausstieg und auf das Krankenhaus zuging, hatte sie zu tun mit der Sorge um Mutters Ergehen und dem Ärger über die Ungerechtigkeit, die in der Welt herrscht. Ob mit oder ohne Gottes Willen, das war ihr gleichgültig.

Sie kaufte ein paar Tulpen und Apfelsinen, ehe sie sich zur Pforte des Krankenhauses wandte.

Aller Ärger, aller Groll des Herzens zerging wie Schnee an der Sonne, als Ingeborg bei der Mutter eintrat. Zum ersten Mal sah die Kranke ihr entgegen, matt und bleich zwar, aber mit ihrem lieben, gütigen, stillen Lächeln.

„Mein liebes Kind!"

Ingeborg kamen fast die Tränen vor Freude.

„Ich bin so froh, Mutter, dass es dir endlich besser geht."

„Ja, mein Kind, ich fühle mich viel wohler. Vergiss das Danken bitte nicht."

Ingeborg begann die Blumen auf dem Nachttisch zu ordnen und umging es, auf der Mutter Mahnung einzugehen.

„Du sollst dir keine Ausgaben machen, Ingeborg. Oder rechnest du schon mit dem Gehalt einer Sekretärin? Wie ist das eigentlich mit deiner Sache bei der Firma geworden? Denk nur, erst heute ist mir das wieder eingefallen."

Ingeborg fühlte den Unmut wieder in sich aufsteigen. Sie wandte sich zum Waschbecken und füllte die Vasen mit frischem Wasser, damit die Mutter ihr Gesicht nicht sehen sollte.

„Ich habe das Resultat noch nicht, Mutter. Es ist aber auch ganz gleichgültig, wie es ausfällt. Die Hauptsache ist, du lebst und wirst gesund."

„Ich habe wieder einmal eine Neuigkeit für Sie, Fräulein Schneider.“ So begrüßte Herr Wollgrabe an einem der nächsten Tage Ingeborg, als sie im Büro erschien.

„Die Sache mit dem Test neulich ist ja leider verunglückt. Ich habe nicht mit Ihnen darüber gesprochen, weil Sie im Augenblick genug andere Sorgen haben. Wie geht es übrigens Ihrer Mutter?“

„Danke, Herr Wollgrabe, es geht langsam besser. Ich habe wieder Hoffnung, dass Mutter gesund wird.“

„Erfreulich, sehr erfreulich. In Bezug auf die Stellung beim Chef kommt Ihnen jetzt ein Zufall zu Hilfe, durch den Ihre Chancen gegenüber Fräulein Hargarten mächtig steigen. Sie ist seit vorgestern im Urlaub. Wahrscheinlich, weil sie mit Sicherheit annimmt, dass sie die Stellung beim Chef bekommt. Direktor Keneth hat sie vor ein paar Tagen kommen lassen. Die Kolleginnen haben registriert, dass sie eine halbe Stunde bei ihm war. Zurückkommend sei sie erhobenen Hauptes durch die Abteilung gerauscht. Wahrscheinlich wollte sie bei solchen Aussichten nicht länger mit den anderen zusammen im Hauptbüro sitzen. Außerdem kann sie nicht so bald Urlaub einreichen, wenn sie zum Chef versetzt wird. Soweit die Einleitung. Direktor Keneth wollte eigentlich verreisen, hat das aber abgeblasen, warum, tut nichts zur Sache, außerdem reichen meine Informationen nicht so weit. Ja, und nun ist seine Sekretärin krank geworden, Fuß verstaucht oder so etwas.

Wo jetzt Ersatz hernehmen? Herr Schröder, der sich lieber auf seinen Instinkt verlässt als auf alle Tests, fragte gleich nach Ihnen. Gehen Sie also bitte nach drüben und sehen sie zu, dass Sie das Rennen machen."

Längst war Ingeborg das Blut in die Wangen geschossen. Das Herz schlug ihr ungestüm. Sollte sich alles zum Guten wenden? Mutter auf dem Wege der Besserung, Aussicht auf die bevorzugte Stellung. Eine Welle der Freude strömte durch ihr Herz.

„Machen Sie Ihre Sache gut, Fräulein Schneider", rief ihr der Abteilungsleiter nach, als sie das Büro verließ.

Über den Werkshof gehend, stieg die Frage in ihr auf: War das nun Zufall? War das Gottes Fügung? Für Mutter würde kein Zweifel darüber bestehen. Für Mutter gab es keinen Zufall. Erfüllt von Hoffnung, Erwartung und Freude, war sie geneigt zu Dankbarkeit. Dem Zufall zu danken erschien ihr jedoch lächerlich. Wenn sie schon Dank fühlte, so musste etwas Persönliches dahinter stehen, hinter diesem Zusammentreffen der Umstände, die ihr die neue Chance gaben.

Sie hatte keine Zeit, länger darüber nachzudenken. Direktor Keneth fuhr vor, als sie die Stufen zum Hauptgebäude erreichte. Er kam auf sie zu. „Sie sind Fräulein Schneider? Kommen Sie mit. Ich habe eilige Sachen, die noch von gestern warten."

Ehe Ingeborg zur Besinnung kam, saß sie im Direktionsbüro und schrieb, als ginge es um ihr Leben.

Direktor Keneth entließ sie ins Vorzimmer mit der Mahnung: „Mit dem Telefon, das ist eine Wissenschaft für sich. Zeigen Sie mal was Sie können. Geben Sie mir nur nicht allen nebensächlichen Kram herüber. Das müssen Sie im Gefühl haben, welches Gespräch ich selbst führen muss und was Sie erledigen können. Die wichtigen Anrufe muss ich natürlich bekommen."

Das war allerdings eine schwierige Sache. In ein paar Tagen würde Sie wissen, was wichtig und was nebensächlich war. Ob sie aber gleich heute, am ersten Tag, in jedem Falle das Richtige treffen würde? Ingeborg setzte sich an die Schreibmaschine. Sie hatte jetzt weder Zeit an die Mutter noch an etwas anderes zu denken. Noch einmal galt es, die Chance zu nutzen. Was Diktat und Übertragung anbelangte, fühlte sie sich sicher. Wenn nur kein Anruf kam.

Da schellte es bereits. Ingeborg sah den schwarzen Kasten mit der weißen Nummernscheibe feindselig an und meldete sich.

„Vorzimmer Direktor Keneth."

Von der anderen Seite kam ein unverständlicher Name und die Aufforderung, mit dem Direktor zu verbinden.

„Wer ist dort bitte?" fragte Ingeborg zurück.

„Fräulein, verbinden Sie mich mit Herrn Direktor Keneth!"

Das klang ziemlich energisch.

Tief Luft holen, Ingeborg.

„Einen Moment bitte."

Welcher von den vier weißen Knöpfen ist der Chef? Darum hätte ich mich zuerst kümmern müssen. Tollkühn drückte Ingeborg den ersten nieder. Es kam keine Antwort. Sie wartete das zweite Surren ab und schaltete zurück.

„Herr Direktor Keneth meldet sich nicht."

Sie überlegte sekundenschnell, ob sie einfach alle vier Knöpfe durchprobieren sollte, da sagte drüben die Stimme verbindlich:

„Fräulein, können Sie mir eine Zeit sagen, in der ich Herrn Keneth bestimmt persönlich erreiche?"

‚Das ist mehr Glück als Verstand', dachte das Mädchen, fragte noch einmal nach dem Namen und der Angelegenheit, notierte und vertröstete den Anrufer auf die Mittagszeit. Bis dahin konnte sie die Sache dem Chef vorgetragen und erfahren haben, ob er sich selbst einschalten wollte.

Jetzt aber erst bei der Zentrale anfragen, welche Verbindungen sie mit den vier Knöpfen herstellen konnte.

Es wurde ein turbulenter und aufregender Tag. Ingeborg vergaß ihr Frühstück und dachte erst ans Mittagessen, als Direktor Keneth gegen 14 Uhr zu Tisch fuhr. Um diese Zeit gab es nichts mehr in der Kantine, Ingeborg tröstete sich mit den vergessenen Frühstücksbroten.

Am Nachmittag gab es einen Rüffel vom Chef, weil sie am Vormittag ein wichtiges Telefongespräch nicht durchgegeben hatte. Sie wusste nicht, um welchen der zahlreichen Anrufe es sich gehandelt haben mochte und steckte den Tadel schweigend ein. An Feierabend war nicht zu denken, als die Sirene das Zeichen dazu gab. Direktor Keneth hielt sie fast eine Stunde länger fest.

Trotz allem lief Ingeborg wie beschwingt durch den Abend. Die Pfortenschwester im Krankenhaus zeigte vorwurfsvoll auf die Uhr und meinte, dass es eigentlich zu spät sei, ließ sie jedoch passieren.

Die Mutter sah sofort, dass Ingeborg etwas Erfreuliches widerfahren war. Ingeborg berichtete mit glühenden Wangen.

„Ich bin so froh, Ingeborg! Wenn du nur einsehen wolltest, dass es Gottes Fügung und nicht etwa unser Verdienst ist."

Das Mädchen, bemüht, die Mutter nicht aufzuregen, nickte:

„Ja, Mutter, ich habe auch schon daran gedacht, dass dieses Zusammentreffen der verschiedenen Umstände wohl Gottes Fügung sei."

Innerlich war sie mit dieser Frage durchaus nicht fertig.

„Vergiss das Danken nicht, mein Kind. Das ist meine einzige Sorge, dass du glauben lernst. Dass du dich nicht auf deinen Verstand verlässt, sondern auf den Herrn. Dass du nicht meinst, alles aus eigener Kraft erreichen zu können."

Ingeborg dachte daran, dass sie mit aller Arbeit und Mühe die Mutter nicht hätte retten können, dass auch alle ärztliche Kunst das nicht vermochte, und sagte spontan:

„Nein, Mutter, man kann gewiss nicht alles aus eigener Kraft, mit der Arbeit und dem Verstand erreichen. Wenn du wieder zu Hause bist, sprechen wir noch darüber. Jetzt wird es zuviel für dich."

„Es wird mir nie zuviel sein, mit dir von meinem Heiland zu reden. Aber für heute will ich mich damit zufrieden geben, was du eingesehen und soeben eingestanden hast."

Tag für Tag sah Ingeborg die Besserung im Befinden der Mutter. Tag für Tag fühlte sie sich den Aufgaben ihrer Stellung im Vorzimmer des Chefs mehr und mehr gewachsen.

Dass auf der Kurve des Krankenblattes die Temperaturlinie in leichtem Zickzack je und dann um einen Strich höher strebte, entging ihr. Die Mutter klagte weder über Schmerzen noch über Müdigkeit oder sonstige Beschwerden. Sie hörte mit frohem Gesicht zu, wenn Ingeborg erzählte. Als sie am Sonntag endlich in aller Ruhe bei ihr verweilen konnte, gab sie ausführlichen Bericht über ihr neues Aufgabengebiet.

„Schwierig wird es für mich, wenn Herr Keneth Anordnungen trifft, deren Sinn mir völlig unverständlich ist. Selbst wenn es mir vorkommt, als sei das, was ich tun soll, nutzlos, ja verkehrt, muss ich mich stur an seine Anweisungen halten. Daran muss ich mich erst gewöhnen, denn es fällt mir manchmal wirklich schwer."

„Frage ihn doch, was es bezweckt."

„Mutter, wie stellst du dir das vor! So etwas ist unmöglich. Das könnte wie Kritik aussehen, und mir steht doch keine Kritik an den Weisungen des Chefs zu. Es wird halt so gemacht, wie er es wünscht. Später, wenn ich ihn besser kenne und alles genauer durchschaue, wird mir manches vielleicht von selbst klar.“

„So ist das also? Merkwürdig. Dieser Herr Keneth ist zwar dein Chef, aber halt auch nur ein Mensch. Ihm gegenüber ist dir ganz selbstverständlich, dass dir keine Kritik zusteht.“

Ingeborg merkte nicht einmal, worauf die Mutter hinaus wollte.

„Versteh doch, Mutter. Er hat alle Fäden des Betriebes in der Hand. Er überblickt das Ganze und weiß schließlich, was er tut. Wo käme er hin, wenn er sich erst mit den Fragen und Meinungen einer kleinen Sekretärin auseinandersetzen wollte.“

„Ich verstehe schon, Ingeborg. Ich frage mich nur, wie das möglich ist, dass dir in diesem Falle das so selbstverständlich ist. Aber bei Dem, der alle Fäden unseres Lebens, ja, alle Fäden der ganzen Welt in seinen Händen hält, da erlaubst du dir die Kritik. Da fragst du wieso und warum. Du solltest bedenken, dass Gott das Ganze überblickt. Er weiß was er tut.“

Ingeborg streichelte der Mutter die Hand.

„Das meinst du. Ach, Mutter, glaube mir, ich gebe mir so viel Mühe, das alles zu verstehen und zu ergründen. Werde nur erst wieder gesund. Wenn du wieder daheim bist, wirst du mir helfen. Das muss ich alle Tage denken, wenn ich mit meinem Bemühen nicht weiterkomme."

„Ich glaube, mein Kind, ich weiß, warum du nicht weiterkommst. Du gibst dich nicht auf. Du vertraust auf deine Tadellosigkeit, auf dein eigenes Können. Du bist der Meinung, dass Gott mit dir recht zufrieden sein könne und dass dir sein Segen zukomme als etwas Verdientes. Er hat aber gesagt, dass wir allzumal Sünder sind. So wie wir sind, genügen wir ihm nicht. Keiner. In keinem Falle. Solange du nicht ‚Ja' sagst zu diesem Urteil Gottes über uns, auch über dich, solange kommst du mit ihm nicht zurecht."

Die Kranke lehnte sich aufseufzend zurück.

„Du darfst nicht so viel sprechen, Mutter", mahnte das Mädchen.

Die Schwester kam mit dem Kaffeetablett. Ingeborg rückte den Betttisch heran und nahm der Schwester das Servieren ab.

„Du hast ganz rote Wangen, das ist doch kein Fieber?" fragte Ingeborg, nachdem die Schwester das Zimmer verlassen hatte. „Es regt dich auf, Mutter, wenn du so viel sprichst."

„Es tut mir ganz gut, mit dir über diese Fragen zu sprechen. Wenn mir dabei auch die Zunge ganz trocken geworden ist." Sie trank durstig eine Tasse Kaffee und konnte es doch nicht lassen, zu sagen, was sie dachte.

„Mit deinen Erzählungen von deinem neuen Chef hast du mich auf einen guten Vergleich gebracht. Wird es dir möglich sein, wenn du alle deine Kräfte anstrengst, allen Verstand und Fleiß aufbietest, diesen Herrn Keneth immer und in jedem Falle zufrieden zu stellen?“

Ingeborg merkte nun sehr gut, was Mutter wollte.

„Mutter, wer könnte immer und in jedem Falle alles richtig machen? Das geht einfach nicht. Das ist unmöglich.“

„Sieh, das sagst du, wenn es sich um einen irdischen, menschlichen Herrn handelt. Wie willst du da vor Gott bestehen?“

Ingeborg sah die Mutter mit einem verlegenen Lächeln an und schwieg.

Obwohl Ingeborg in den nächsten Tagen hier und da ein Schnitzer in der Abwicklung der vielseitigen Aufgaben unterlief, schien Direktor Keneth im Großen und Ganzen zufrieden zu sein. Fuhr sie abends nach dem Besuch bei der Mutter heim, überdachte sie die Ereignisse der letzten Tage, und eine frohe Dankbarkeit erfüllte ihr Herz. Die Frage, ob Gott sich ihr gnädig zuneige, ob der Erfolg ihrer Arbeit, die fortschreitende Besserung von Mutters Zustand Seine Führung sei, beschäftigte sie stark. Dann aber stellte sie wieder Betrachtungen an, die aus tiefen Zweifeln geboren waren.

Wie war das nun? Wenn Gott lenkte, warum auf solchen Umwegen? Wie musste zum Beispiel Fräulein Hargarten auf diese göttliche Lenkung reagieren? War es so, dass Gott einem wohl wollte, wenn man an Ihn glaubte? Dann wurde der Glaube an Ihn sozusagen zu einer Versicherung gegen die Wechselfälle des Lebens. Eben diese Erfahrung hatte sie aber an dem Beispiel der Mutter nicht gemacht. Mutter glaubte und hatte alles andere als ein geruhsames Leben gehabt.

Ingeborg hatte nicht umsonst eine gläubige und betende Mutter. Sie kannte die Bibel, wusste um den Sinn und die Bedeutung des Sterbens Jesu auf Golgatha nicht nur aus dem Konfirmandenunterricht. Dass Jesus für die Sünden der Welt gestorben war, wollte sie als Gemeinsatz gelten lassen, nur nicht für sich in Anspruch nehmen. Das Urteil „Sie sind allzumal Sünder" bezog sie nicht auf sich. Sie hatte sich, wie sie zu sagen pflegte, von religiösen Dingen eine eigene Meinung zugelegt, wie sie glaubte, mit gutem Grund.

Eine recht unliebsame Überraschung war die Rückkehr der Sekretärin. Ingeborg saß bereits an der Schreibmaschine, als diese kurz nach acht Uhr eintrat. Zu allem Überfluss zeigte sie unverhohlen ihr Erstaunen, Ingeborg an diesem Platz zu sehen.

„Wie, Sie vertreten mich, Fräulein Schneider? Soviel ich weiß, wird Fräulein Hargarten meine Nachfolgerin."

Ingeborg schoss die Röte ins Gesicht.

„Soviel ich weiß, ist Fräulein Hargarten im Urlaub. Ich habe mich nicht aus eigenem Antrieb hierher gesetzt", sagte sie schnippisch, wie es eigentlich nicht ihre Art war. Aber die Enttäuschung und Ernüchterung war im Augenblick zu groß.

Sie kehrte zu ihrem alten Arbeitsplatz zurück, das Herz und den Kopf angefüllt mit neuen Fragen.

Hin und her geworfen zwischen Bangen und Hoffen war eine ständige Mahnung in ihrem Herzen. Der Gedanke ließ sie nicht mehr los, dass Gott da sei und ihren Weg bestimme. Dabei stellte sie immer wieder fest, alle ihre Versuche zu beten, ob Dank oder Bitte, waren nichts als Worte, Worte, Worte, dahergesagt mit dem Munde, ohne Herz, gekünstelt, erzwungen, unwahr. Sie erschrak beinahe darüber. Mit aller Deutlichkeit erkannte sie, dass sie weder, wenn sie erfüllt war von Dank und Freude, noch angesichts der Not um die Mutter, beten konnte. Sie taumelte von Ungewissheit zu Ungewissheit, von Zweifel zu Zweifel. Was sie jedoch am meisten beunruhigte: Es war ihr nicht mehr gleichgültig. Es gab Augenblicke, wo eine heiße Angst sie überfiel. Hatte sie die Gnade verscherzt? Gab es so etwas? Wie gerne hätte sie mit Mutter über alle diese Fragen gesprochen. Aber jetzt ging das nicht. Dann sprach sie zuviel, regte sich auf. Wie sehr würde sie sich aufregen, wenn sie erfuhr, wie weltenweit sich ihre Tochter entfernt fühlte von Gnade und Erlösung, wie vergeblich sie nach Worten suchte, die ein Gebet sein sollten. Gebete, die nie ankamen, weil etwas fehlte.

Wie ein jähes Ungewitter brach es über Ingeborg herein, als sie ein paar Tage später abends in das Krankenzimmer trat. Mit hochroten Wangen und vor Fieber glänzenden Augen lag die Mutter da. Schwer ging ihr Atem. Ingeborg gab sich keine Minute der Täuschung, einer falschen

Hoffnung hin. Das würde das Ende sein. Diesen Zustand würde Mutter nicht überleben.

Unfähig zu sprechen, wandte die Mutter ihrem Kinde das Antlitz zu. Ingeborg streichelte die Hände, die so unermüdlich gearbeitet hatten, gearbeitet für sie. Dann ging sie hinaus, damit Mutter ihre Tränen nicht sehen sollte.

Auf dem Flur traf sie den Arzt.

„Fräulein Schneider, zu meinem Bedauern muss ich Ihnen sagen – nun, Sie wissen es, ohne dass ich viele Worte mache. Wir haben gehofft, Ihre Mutter durchzubringen. Den Strapazen dieses Fiebers ist das schwache Herz jedoch kaum gewachsen. Es ist jetzt schon verwunderlich, dass es noch nicht versagt."

Ingeborg sah den Arzt mit verzweifeltem Blick an.

„Es gibt doch Mittel – ich weiß das ja nicht – Penicillin oder was – ?"

„Meinen Sie, es wäre und würde nicht alles geschehen, was menschenmöglich ist? Es gibt Mittel, ja, hundert, tausend, aber gegen den Tod ist bis heute noch kein Kraut gewachsen."

Schwester Margarete führte Ingeborg in den Tagesraum der Station.

„Wenn Sie hier bleiben wollen, Fräulein Schneider, mögen Sie es tun. Vielleicht verlangt die Kranke noch einmal nach Ihnen. Es ist sehr fraglich, ob sie die Nacht übersteht. Es ist aber für beide Teile besser, wenn Sie nicht bei ihr im Zimmer bleiben."

Ingeborg fügte sich stumm. Der Tagesraum war leer. Um diese Zeit lagen auch die Patienten, die tagsüber aufstehen durften, in ihren Betten.

Ingeborg sah hinunter in den Garten. Ihr Blick schweifte über die roten Wege zwischen den grünen Rasenflächen. Blühende Büsche wiegten die Zweige im Abendwind. Im schwankenden Wipfel einer Pappel sang eine Amsel. Ingeborg stand reglos da und dachte nach. Wie würde ihr Leben aussehen ohne Mutter? Warum musste sie jetzt schon gehen? ‚Wenn wir sie nicht operiert hätten, wäre ihr ein langsames, qualvolles Siechtum bereitet gewesen', hatte ihr der Arzt neulich erklärt. War nicht beides gleichermaßen grausam? Und dies geschah einem Menschen, der mit Gott gelebt hatte!

Plötzlich fiel ihr das Gespräch vom Sonntag ein. Kritik. Ja, sie übte Kritik an Gottes Führungen und Wegen.

„Alle Fäden unseres Lebens hält Er in seinen Händen."

Ingeborg rang stöhnend die Hände.

„Wenn ich nur beten könnte! Es ist wie eine Mauer zwischen Ihm und mir. Ich kann nicht über diese Mauer hinweg. Ich glaube, dass Er ist, dass Er alles weiß, dass Er alle Fäden in seinen Händen hält. Und doch, und doch, und doch, alles erscheint mir sinnlos! Alles ist unverständlich, hart, bitter."

Schwester Margarete kam und führte das Mädchen sanft zur Tür. Sie schüttelte den Kopf, als sie dem fragenden, angstvollen Blick begegnete.

„Nein, es ist noch nicht zu Ende. Es hat aber keinen Zweck, dass Sie die Nacht hier verbringen. Gehen Sie heim. Sie können der Mutter nicht helfen. Sie hat ein wenig Ruhe nach einer Spritze, wir können nur warten und hoffen.“

„Hoffen?“, fragte das Mädchen matt. „Nein, da ist nichts mehr zu hoffen, Schwester.“

Sie ging zu Fuß heimwärts. Es war ein weiter Weg. Sie lief durch stille Straßen und über die breite Allee mit den erleuchteten Schaufenstern, der bunten Lichtreklame, durch Grünanlagen und die Straße an grauen, gleichförmigen Fabrikgebäuden entlang.

Spät in der Nacht kam sie heim, schloss die Tür auf und begann ohne den Mantel abzulegen in der Bibel zu blättern. Sie las Sprüche, die durch den Sperrdruck in die Augen fielen, nickte und dachte:

„Ich weiß das alles, kenne die Bibelverse, aber ich kann nicht über die Mauer.“

Wie hatte Mutter gesagt? Solange du nicht „Ja“ sagst zu Gottes Urteil, kommst du nicht mit ihm zurecht.

Ja sagen zu dem Urteil „Allzumal Sünder“? Auch ich, Ingeborg Schneider, ein Sünder? Da waren ihre eigenen Worte: „In jedem Falle alles richtig machen, das ist unmöglich.“ Darum also die Bitte: „Sei mir Sünder gnädig“? Darum war Jesus gekommen und gestorben, gestorben und auferstanden, nicht so allgemein „für die Sünden der Welt“ sondern für sie, Ingeborg Schneider? Sollte das Gültigkeit haben für sie persönlich?

In tiefster Not und Verzweiflung kniete sie nieder und begann zu beten. Keine zusammenhängenden Worte, ein hilfloses Stammeln war es, ausklingend in der Bitte: Vergib mir meine Schuld.

Da stürzte die Mauer ein.

Fast schlagartig erkannte Ingeborg, die Mauer, die sie von Gott getrennt hatte, war ihre Schuld. Wie sehr sie sich auch bemühen mochte um Gerechtigkeit, es ist umsonst. Vor Seinem Angesicht können wir nicht bestehen.

Alles Wissen um die Erlösung, um Gnade und Heil wurde ihr in dieser Stunde zum Glauben.

Die Mauer unserer Schuld hat Jesus weggerissen. „Die Strafe liegt auf Ihm, auf dass wir Frieden hätten.“

In früher Morgenstunde ging Ingeborg zur Mutter. Sie war sehr ruhig, als sie die Stufen hinaufging. Der Schmerz saß wie ein Pfeil in ihrem Herzen. Es war alles wie sonst – und doch ganz anders. Der Kampf war zu Ende und Jesus hatte gesiegt.

Auf den Korridoren herrschte die Unruhe der Morgenstunden. Niemand achtete auf Ingeborg, niemand hielt sie auf. Leise öffnete sie die Tür zu Mutters Zimmer.

Die Kranke lag still, völlig ermattet. Erschüttert blieb Ingeborg am Bett stehen. Atmete Mutter noch?

Da schlug sie die Augen auf und blickte die Tochter fragend an. Sie wollte sprechen doch es gelang ihr nicht.

Ingeborg neigte sich zu ihr nieder.

„Meine liebe Mutter, sorge dich nicht um mich. Ich habe Frieden mit Gott durch unseren Herrn Jesus Christus.“

Da brach ein strahlendes Leuchten aus den Augen der Mutter. Ein Lächeln verklärte die müden Züge.

Und mit diesem Lächeln ging sie hinüber.

Am Tage nachdem die irdische Hülle der Mutter zur Ruhe gebettet war, fand Ingeborg auf ihrem Schreibtisch im Büro einen Brief. Sie ahnte nicht, was er enthielt.

Sie öffnete ihn und las, las ihn zweimal.

Da stand es schwarz auf weiß, dass sie als Sekretärin bei Herrn Direktor Keneth vorgesehen sei. Die Neuregelung ihres Gehaltes übertraf ihre kühnsten Erwartungen.

„Wenn Mutter das erlebt hätte!“, flüsterte sie. Tränen tropften auf das Schreiben.

Der Schmerz war noch nicht zur Ruhe gekommen, aber sie war nicht ohne Trost.

„Ein sorgloses Leben hätte ich ihr bereiten können. Ein sorgloses Leben?“

Sie sah das stille Antlitz vor sich, verklärt von einer großen Freude. Ja, die Mutter war heimgegangen in Frieden, und überdies heimgegangen mit dem Bewusstsein, dass ihre Gebete für ihr Kind erhört waren. War dieses Heimgehen nicht mehr wert als das sorgloseste Leben auf dieser Welt?

Ingeborg ließ die Jalousien des Rollschrankes herunter und öffnete die Schreibmaschine.

Das Leben ging weiter.

Ging weiter?

Das Leben begann erst jetzt.

Ein neues Leben.

Ein Leben mit Gott.

Bücher aus der Reihe **„Erzählungen von damals“**

ISBN 3-936894-25-6

Seiten 96

Siegmund

Der etwa 10-jährige germanische Siegmund wird zum Sklaven in einem vornehmen Haus in Rom. Sehnsucht nach dem Elternhaus und den germanischen Göttern überflutet ihn. Schneller groß und stark zu werden, um ins Heimatland zu fliehen und gegen den Feind zu kämpfen – das sind die Gedanken, die ihn bewegen. Ein Buch über einen Helden, die seine Herrin Klaudia und ihre Freundin lesen, weckt in ihm ein großes Interesse. Er möchte über den wunderbaren Jesus, dem sogar das Meer untertan ist, mehr erfahren. Was bewegt die Menschen diesem Jesus nachzufolgen und sogar um des Glaubens willen zu sterben? Erst später als befreiter Sklave erlebt er, wie stark und allmächtig Jesus, der Sohn Gottes, ist!

Bücher aus der Reihe **„Erzählungen von damals“**

ISBN 3-936894-24-8

Seiten 80

Auf Seekönigs Thron

Schottland. Walter und Norman sind gute Freunde, doch sie haben einen sehr verschiedenen Charakter. Seit Norman verwaist ist, wohnt er bei Walters Eltern, die in wie ihr eigenes Kind aufnehmen und für Gott erziehen. Nach einiger Zeit lernt Walter den geheimnisvollen Jäger Dugal kennen und gerät auf Abwegen…

Wird Walter den Mut aufbringen gegen die listigen Vorschläge Dugals zu widerstehen?

Bücher aus der Reihe **„Erzählungen von damals“**

ISBN 3-936894-23-x

Seiten 112

Seines Glückes Schmied

Vier lehrreiche Geschichten aus der alten Zeit für große und kleine Leser.

Seines Glückes Schmied

Veit Groß besitzt einen großartigen Hof. Über dem breiten Eingangstor steht in Goldbuchstaben: „Jeder ist seines Glückes Schmied“. „Ich brauche keinen Gott! Ich weiß mir in jeder Situation zu helfen!“ – meinte Veit. Doch eines Tages zerschlägt er mit eigener Hand das Glück, das er sich geschmiedet hatte… und erfährt, dass nur Einer den tiefen

Frieden und die große Freude im Herzen schenken kann.

Annelie

Annelie Aichlinger ist gerade drei Jahre alt geworden, als sie mit anderen Nachbarskindern von den Tscherkessen entführt wird. Kein Tag vergeht, ohne dass die Eltern für ihr verschwundenes Kind beten. Gottes Wege sind wunderbar, auch wenn sie manchmal durch dunkle Täler führen…

Chrillus

Die Geschichte vom Chrillus, dem jungen Märtyrer, ist die Lieblingsgeschichte von dem Neffen des Regierungsrates Wendland, dem kranken Joachim. Dieses Vorbild hilft ihm und auch den anderen Kindern ein Segen für die Umgebung zu werden.

Das rote Glas

Der Bahnhofswärter und seine Frau nehmen ein kleines von der Mutter verstoßenes Mädchen bei sich auf. Eines Tages wird die Bahnstation von Verbrechern überfallen. Unbewusst rettet die Kleine ihren Pflegevater.

Bücher aus der Reihe **„Erzählungen von damals“**

ISBN
3-936894-18-3

Seiten 96

Der lahme Walter

Am Rande eines schönen, wohlhabenden Dorfes liegt ein Waisenhaus. Die Mitarbeiter sind alle Christen und wollen die Kinder in der Furcht Gottes erziehen. Eines Tages kommt ein neuer „Bruder“ ins Waisenhaus – der lahme Walter. Sein Herz ist hart und rachsüchtig. Täglich steigen Gebete für den armen, irregeführten Walter zu Gottes Thron der Gnade auf, damit der Herr sein Herz verändern möge…

Als die neue Regierung nach dem Bürgerkrieg in Russland die Macht übernimmt, ändert sich die friedliche Atmosphäre im Kinderheim. Durch Gottes Gnade geschieht auch eine totale Veränderung in Walters Herzen…

Durch Verspottung und schreckliche Leiden werden der Glauben und die Treue der jungen Christen des Waisenhauses geprüft. Haben sie bestanden?

ISBN
3-936894-27-2

Seiten 128

Im Bauche des Walfisches

„Im Bauche des Walfisches“ erzählt Geschichten von Männern und Frauen, die mit den großen Fragen des Lebens rangen. Sie fanden ihre Antworten in der Liebe zu Jesus Christus und im Gehorsam Ihm gegenüber.

Die meisten Geschichten spielen in der Reformationszeit. In dieser Zeit entstand die Täuferbewegung. Die Täufer waren bereit, auf alles Irdische zu verzichten und der Lehre Jesu zu folgen. Sie wurden von den Staatskirchen als Ketzer bezeichnet und verfolgt, obwohl ihre Lehre keine Irrlehre war. Sie versuchten lediglich Jesus in allen Dingen zu folgen, auch wenn das gegen allgemein gültige Ansichten war. Ihr Maßstab war das Neue Testament.